集英社オレンジ文庫

青い灯の百物語

椎名鳴葉

目次

残月のたより

彼を呼び出した少女——と呼ぶにもやや幼い娘は、たいそう不満そうだった。

「……おばあちゃんじゃない」

青い灯りに照らし出されたふっくらとした頬《ほお》をさらにふくらませて、薄紅《うすべに》色の唇を尖らせて、そんなことをつぶやく。

「おばけが来るって言ってたのに」

続けられた言葉に、なんとなく事情を悟った。

娘は、おばけ——幽霊、それも祖母の霊——を呼び出したかったのだ。それなのに現れたのが彼だったものだから、落胆《らくたん》しているのだろう。

落胆が大きすぎて、彼——本物のおばけ——が見えているもかかわらず、動じずにいる。

「ずっといっしょにいてくれるって言ってたのに」

こちらをにらみつけていた大きな瞳に、涙の膜《まく》が張る。目の縁に盛り上がり、透明な雫《しずく》は今にもこぼれ落ちそうだ。それでも娘はぎゅっと唇を引き結んで、嗚咽《おえつ》をこらえている。

薄闇の中、よくよく見れば、彼女の頬には乾いた白い筋が走っていた。目は赤く、声だってかすれている。

もう十分に泣いた後なのだ。それなのに、まだ涙は涸《か》れないらしい。

折れそうに細い身体《からだ》。震える肩。ひ弱なヒトの、さらに未熟なコドモ。

とるに足らない存在のはずだった。特別美しいわけでもないし、力に満ちているわけでもない。

だというのに、涙をたたえながらこちらをにらむ目には炎を思わせる苛烈《かれつ》さがあり、簡単に破けてしまいそうな薄い肌の下からは熱く甘く血潮《ちしお》が香り、全身からは瑞々《みずみず》しく清らかな精気が立ち上る。

目を奪われ、喉《のど》が渇《かわ》く。

本来の彼の役目は、恐れ知らずにも怪異を呼び招いた愚かな人間を驚かせることだ。ヒトのこぼした恐怖の感情が彼のささやかな糧《かて》でもある。でも、今はそれよりも目の前のコドモに食欲をそそられた。

「私と取引をしないか、娘」

普段ならこのような申し出はしない。

そんなことをするのは、「自分たち」らしくない。それもわかっている。

もしかしたら、自分は飽きていたのかもしれない。長すぎる生と、繰り返されるばかりの役目に。

彼ひとりがほんの少し——八十年程度職務放棄《ほうき》しようと、他の同族も困りはしないだろう。

「……取引？」

娘は昨今のヒトには珍しく、彼の姿を目にとらえていたし、声もはっきり聞き取っている。加えて、舌なめずりしたくなるような精気。

ただのヒトのコドモに見えるくせに、普通の人間とは毛色が違う。

唇に笑みを浮かべ、彼はもう一度口にした。

「そう、取引だ」

娘は胡《う》散臭《さんくさ》そうに顔をゆがめたが、結局最後まで彼の話を聞き、首を縦に振った。

十三年前の夜のことだった。

一　乙女、怪異観光をほろろに断られるのこと

　初夏の風が爽《さわ》やかに頬をなでていく。ペダルを力いっぱい踏んで通いなれた道を進んでいた千歳《ちとせ》は、ふと違和感を覚えてブレーキを握った。

「あれ？」

　この道の脇には、生垣《いけがき》に囲まれた大きな農家と、隣り合って広がる畑がある。老夫妻が仲睦《なかむつ》まじげに畑の手入れをしているところを何度か見かけたことがあった。雨上がりに通りかかれば濃い緑と土の匂《にお》いが混ざって押し寄せてくる場所でもあり、気に入っていたのだが――。

　見慣れない看板が畑の傍《かたわ》らに立っている。目を走らせれば、この場所に建売住宅を建造する旨《むね》が記されていた。

　くん、と空気を胸いっぱいに吸い込むと、風にはほのかに線香の香りが混じっていた。

「あぁ……」

　なんとなく読めてしまった事情に、ため息とも嘆《なげ》きの声ともつかないものをこぼす。

老夫婦のどちらかが亡くなったのだろう。ひとりでこの畑を耕すのはきついだろうし、相続税のために土地を手放すという話もよく聞く。

当たり前だと思っていたものは、あっけなく消えてしまう。今も、昔も、たぶんこれからも。

じわり、と胸の奥から湧き上がった黒く冷たい感情を追いやるように、ゆるゆると頭を振る。少し感傷的になりすぎだ。

千歳は目の前に広がる畑と、その上にうっすらとかかる昼の月を見上げた。この空が広い景色もいつまで見られるのかわからないんだな、ともう一度押し殺した息をこぼすと、再び自転車のペダルを踏んだ。


勝手知ったる他人の家。チャイムを押すどころか合鍵《あいかぎ》を使って引き戸を開け放つと、千歳は従兄《いとこ》の家、ということになっている一軒家に上がりこむ。

「あーちゃーん」

靴《くつ》を脱ぎ捨て、框《かまち》に足をかけながら家の主の愛称を呼ぶが返事はない。が、遠慮《えんりょ》することなく廊下《ろうか》を進み、庭に面した一室に向かう。

「いるなら返事してよ、あーちゃん」

襖《ふすま》も障子《しょうじ》も開け放たれていたので、部屋の前に立つだけで八畳《じょう》の座敷の向こう——縁側に寝そべる姿をとらえることができる。

　着流し姿の長身がのっそりと身を起こし、こちらを振り向いた。あまりに無造作《むぞうさ》な動きで合わせがはだけてしまいそうだが、頓着《とんちゃく》していないように見えて所作《しょさ》は美しいのでそのような粗相《そそう》は起こさない。

　首筋につかないように切り揃《そろ》えられた黒髪は清潔感があるし、身長に見合った長い手足に引き締まった体型、家に引きこもりっぱなしの自営業のせいで肌は白く、三十路《みそじ》一歩手前のくせに千歳が嫉妬《しっと》を覚えるくらいにきめ細かく、顔立ちだって整っている。見た目は文句なしの「いい男」なのだが、どうにももっさりして見えるのが「あーちゃん」こと青《あお》原灯《はらあかり》だ。

　たぶん、いつも眠そうに細められている目と、俊敏さを感じさせない動き方と、常に曲がっている猫背《ねこぜ》がいけないのだと思うのだが、せめて姿勢よくと言っても聞き入れてくれたためしがない。

　ずり下がっていた黒縁眼鏡《くろぶちめがね》を押し上げつつ、うっすら開いた目がこちらを見る。

「あんなに声を張り上げるなんて、真魚寺《まなでら》の娘として恥ずかしい」

　冷たく低い声で言い放ってから、いたずらっぽく唇の端をつり上げる。

「ってちーくんなら言うと思うよ、ちーちゃん」

　千歳の二歳年上の兄・千影《ちかげ》の嫌がる愛称で呼びながらも、長い付き合いだけあってさすがに言いそうなことをわかっている。

基本的に千歳に甘い千影だが、千歳が旧家の娘らしくない振る舞いをするたびに口うるさい小姑《こじゅうと》みたいになる。だが、灯は違う。千歳と同じように一族の集まりに顔を出すたびに、頭の固い面々から渋い顔をされる仲間のくせに。

「お兄ちゃんはお兄ちゃん。あーちゃんはあーちゃんでしょ」

どうせ面倒くさくて返事しなかったくせに、とにらみつけると、彼は軽く肩をすくめた。

「だって、どうせ返事しなくてもちーちゃんはすぐに僕を見つけちゃうじゃない」

結果はいっしょだよ、とつぶやき、大あくびをこぼす。む、とむくれた千歳だったが、すぐににっこりと笑みを浮かべた。用がなくとも一週間の半分はこの家に入り浸っているが、今日はちゃんと目的があって訪問したのだ。

つまらない言い争いをしている場合ではない。

うーんと伸びをしてから前髪の乱れを直している灯の背後から首根っこに抱きつく。

「ねえ、あーちゃん？」

灯の黒髪は手櫛《てぐし》を通しただけですぐにさらさらになる。いい香りまでする後ろ髪に鼻先を突っ込みつつ話を切り出そうとしたのだが――。

「却下《きゃっか》だよー」

まだ何も言っていないのに一刀両断された。

「なんで！」

「そういう風に僕を呼ぶちーちゃんの話は、だいたい面倒くさいんだもんー」

図星だが、大変面白くない。

「話くらい聞いてよ！」

首に回した腕に力を込めると、灯は苦しそうにじたばたする。「わかった、聞くだけは聞くから」という言質《げんち》を取るまで締め上げると、千歳はやっと力を緩《ゆる》めた。もちろん腕は首に回したままだ。

「あのね、ここから少し行ったところにさびれた商店街があるでしょう？」

「うん、まだ何軒かちゃんと商売してるお店あるから、あんまり外でそういうこと言わないでね」

ちーちゃんは正直すぎていつか恨みを買いそうだから心配だよ、とぼやく相手に、私だってもう大学生になったしＴＰＯくらいわきまえますー、と唇を尖らせてから話を続ける。

「そこの商店街にね、ここ数日、丑三《うしみ》つ時《どき》になると百鬼夜行《ひゃっきやぎょう》が出るらしいんだよ」

「見に行かないよ」

またしても先回りして断られた。

「えー、どうせ暇でしょ？」

首に回していた腕を外すと、灯の正面にまわり両肩をつかんで思いっきり揺する。

「行こうよー」

「今日の夜は仕事の電話がかかってくる予定なんだよ。だから行けない」

ぐらぐらと身体《からだ》を揺すられながらも、灯ははっきりと断ってきた。

ちなみに彼の職業はホラー小説家である。誰もが知っているメジャー作家ではないが、専業で食いつなげる程度には稼《かせ》いでいるらしい。

「私のお守りがあーちゃんの一番の仕事じゃない」

揺さぶるのをやめて正面から真っ直ぐ見上げると、彼は困ったように眉《まゆ》を下げ、さらさらの髪を片手でくしゃりと乱した。

「でもねぇ、お金がないことには僕も困るからなぁ」

いつも昼行灯《ひるあんどん》みたいなくせに、ときどきまっとうなことを言ってくる。

「この世は何かと入り用だからねぇ」

もう一回首を締め上げてやろうかとも思ったが、千歳は鼻を鳴らしてやめてやった。

灯は変なところで強情なのだ。それに、昔から幾多の駄々を押し通してきた千歳だが、この春大学に進学した身としては、いつまでも子どもじみた真似《まね》をするのもよろしくない。

「わかりました」

すっくと立ち上がってそう言い放つと、灯は「えぇぇ」と眉をひそめた。

「ひとりで行くつもり？」

「私ももう十八。大学生。夜中にうろちょろしていても補導されないし」

ならばひとりで怪異観光と洒落《しゃれ》こもうではないか。

待ってろ百鬼夜行、とこぶしを振り上げる千歳に、灯は深々とため息をこぼした。

「ちーちゃん」

呼ばれて座ったままの彼を見下ろすと、どこから出したのか根付のようなものを差し出している。

大きな飴玉《あめだま》のような、まんまるの繭玉《まゆだま》のような、おそらく和紙でできた白いぼんぼりが金色の小さな鈴といっしょに金具で濃紫《こむらさき》の組み紐に留められている。

「これ、なに？」

つまみあげて首をかしげると、灯はいたずらっぽく笑った。

「お守りだよ」

だから肌身離さず持っていてね、と念を押され、よくわからないながらも千歳は素直にうなずいた。

「気をつけていってらっしゃい」

灯のほほえむ細い目がわずかに開き、その奥の目がひそやかに光る。

「夜の闇の中には、腹ペコ狼より厄介《やっかい》なものがひそんでいるんだからね」

二　乙女、百鬼夜行に行き逢うのこと

日が沈むと、空気はとたんに冷えていく。丑三つ時ともなればだいぶん肌寒い。一度家に帰って目立たない色のパーカーを羽織《はお》ってきた自分の判断を褒《ほ》め称《たた》えたい。

閉店した寿司屋と豆腐店の間の路地に自転車を止め、その隣に身をかがめ、千歳は商店街の通りに目を凝《こ》らしていた。

時刻は先ほど深夜二時を回った。

最盛期にはこの通りを歩けば一通りのものが揃《そろ》ったらしいが、今も営業しているのは八百屋《やおや》にパン屋、総菜屋《そうざいや》、肉屋、古本屋、ついでに骨董品店《こっとうひんてん》が一軒ずつ——どこも高齢の店主が切り盛りしている。ゆえに夜は早く、この時間はあたり一帯静まり返っている。

「まっだかなまっだかなー」

くふふふ、と笑いをこぼしながら、暖をとる意味もこめて身体を揺らせば、背負ったリュックで鈴がちりちりと鳴る。灯からもらった「お守り」は、どこにつけるか悩み、結局ファスナーの引き手の穴に通して留めてあった。

「あ」

ふと空気が変わったのを感知して千歳は身体をぴたりと止めると口を閉じた。

冷えた空気の中に一筋の生温かさと生臭《なまぐさ》い匂《にお》いが混じる。その生臭さは生理的な嫌悪感とおぞましさを想起させると同時に、妙な既知感と納得感も呼び覚ます。

もともと寒々しい感じにあたりを照らしていた街灯が、何度か瞬いてから次々に消えていく。今宵《こよい》の月は、すでに西に沈んでいる。薄曇の空模様では星の光も心もとなく、通りは暗闇に沈む。

ごくり、と唾《つば》を飲み下し、千歳は目を細めた。

「来るねぇ」

乾いてしまった唇をなめる。

視線の先で、ふわり、と松明《たいまつ》のようなオレンジ色の鬼火が揺れる。ひとつだった炎がふたつに、ふたつがよっつに、次々に増えていく。がちゃがちゃざわざわとうごめく気配や物音とともに、商店街の奥から少しずつこちらへ近づいてくる。

先頭を走ってくるちいさな影を見た瞬間、千歳はひそかに、しかししっかりとガッツポーズをした。

「ひっさびさに本物だった」

駆けてくるのは千歳の腰ほどの身の丈を持つ小鬼だ。子どもの絵本に描かれる「赤ら顔にもじゃもじゃの髪、二本角《づの》に虎のパンツ」といった鬼ではなく、手足は枯れ枝のようであばらも浮き、それに反して下腹はふくれて見える。焼けたようなもじゃもじゃというよりちりちりの髪とそこからのぞく牛の角、身にまとうのは腰の周りのボロ布だけという、あえて言うのなら地獄絵図の餓鬼《がき》に似た姿の化け物。

それがケケケと楽しげに笑いながら駆けてくる。先頭を走る者に続いて、鬼火とともに五人六人と数を増やしながら通りを踊りまわる。

怪異見物を趣味とし、噂《うわさ》がある場所にたびたび突撃してきた千歳だが、本物にはなかなか出会えない。それでも、これまで幾度となく怪異と接してきた感覚が告げている。

これは、まがいものでも錯覚《さっかく》でもなく、まぎれもない本物である、と。

唇が、自然と笑みを形作る。

そうしている間にも、異形《いぎょう》の者たちの行列は続く。

先頭の小鬼たちは千歳のひそむ路地の前を通り抜け、商店街の先へと進んでいた。

その後には、茶道《さどう》に用いる大ぶりの茶碗《ちゃわん》や花活《はない》け、鉄瓶《てつびん》や棗《なつめ》といった道具に人の身体が付いたものが単衣《ひとえ》をまとってゆらゆらと歩んでいく。さらに周囲を掛け軸《かじく》や古書がひらひらと舞い飛ぶ。この辺りはいわゆる付喪神《つくもがみ》の類《たぐい》だろう。

さらに続くは、黒髪を地面まで流し、美しい衣を乱しながら進む鬼女たち。顔立ちは美しいものの、口は耳まで裂け、のぞく歯はすべてお歯黒で染まっている。

最後にまた小鬼たちと、鬼火、そして黒い靄《もや》のような得体の知れないかたまりが漂ってくる。

なかなか本格的な百鬼夜行《ひやっきやぎょう》だな、と感心していた千歳だったが、彼女の脇を通りかかった瞬間、黒い靄から割れ鐘《がね》のような声が轟《とどろ》いた。

「待て待て。人の子の匂いがするぞ」

そのとたん、行列はぴたりと止まり、小鬼や鬼女はくんくんとあたりの空気を嗅《か》ぎ始める。付喪神たちはあわてふためいたように右往左往《うおうさおう》している。

「そこだ。そこにおるぞ」

黒い靄の中から、にゅっと、千歳の胴回りよりも太く、毛むくじゃらで赤く焼けた腕が現れ、鋭い爪のついた指で千歳のいる路地を指差した。すぐさま小鬼たちが駆け寄ってくる。

「見つかっちゃったか」

想定外だが、問題もない。落ち着いていれば、この程度のことは千歳ひとりでも対処可能なはずだ。

その自信がなければ、そもそもひとりきりで怪異見物になどおもむかない。実際にひとりで来たのは初めてだが、これまでだって同行者（主に灯）には頼らず自分ひとりで対処することが多かった。大丈夫だから、と自分に言い聞かせ、ひとつ深呼吸をしてから立ち上がる。

これ以上隠れていてもしかたないので、路地の暗がりから鬼火の照らす通りへと足を踏み出し、自分を見つめる怪異たちを見回す。最後に視線を腕しか見えない相手に定めると、ふてぶてしいとよく言われる笑みを浮かべて語りかけた。

「いい晩ですね。いずれ名のある鬼の御方とお見受けします」

胸の隅でくすぶる緊張や恐怖はおくびにも出さず、世間話のような口調を心がける。

「隠れて道行きを拝見した非礼はお詫《わ》び申し上げます。お望みなら酒をお供えいたしましょう。今宵の無礼はそれでお収めいただきたく。わたくしは真魚寺の――」

腕と黒い靄の中から発されている気配は一角《ひとかど》の存在のものだ。声は荒々しいが、いきなりこちらを食らおうとしてくるわけでもない。それなりの名を持つ鬼であれば、非礼を詫び、詫びの品を供え、真魚寺の名を出せば収めてくれると思ったのだが――。

「このヒトの子。良い香りがする」

「美味《うま》し酒の香りがする」

「いやいや、かぐわしき水菓子じゃ」

「喰らおう喰らおう。喰らえば我らも頭領《とうりょう》のような立派な鬼になれるじゃろう」

千歳を取り囲んでいる小鬼たちがぎょろりとした目をらんらんと輝かせてじりじりと距離を詰めてきた。キイキイと甲高《かんだか》い声でわめく。

「あーもう、寄るな」

ため息をこぼし、千歳は背負っていたリュックを下ろして盾のように目の前に構える。

残念ながら、こういうことにも慣れている。強いものよりも弱いもののほうが欲望に忠実なのだ。

「私はもう売約済みだよ」

ぼやいた千歳にかまわず鬼たちはにじり寄ってくる。

「一口、一口だけじゃ」

「指を一本」

「目玉をひとつ」

「耳をひとかじりでよいのじゃ」

小鬼たちの黄色く濁《にご》った目は千歳の全身を嘗《な》め回すように動き、牙ののぞく口元からはあふれた涎《よだれ》がこぼれおちる。

「いや、よくないよ」

さすがにぞっとして、喉《のど》がひくりとひきつる。自分に触れようと方々から伸びてきた小鬼の腕をリュックで叩き落としたものの、彼らはそれでもあきらめずに距離をさらに詰めてこようとする。

これは、まずい、かも――。

「お前たち――」

腕の主が小鬼をいさめようと口を開いたのと、リュックにつけてあった鈴が細かに震えて鳴り出したのは同時だった。

揺れるリュックに合わせて鳴ったのではない。りりりり、と小さくせわしなく鳴り続ける鈴の音に、その場にいるすべての者の視線が集まる。

鈴といっしょに組み紐につけられていた白いぼんぼりが、内側からふわりと青い光をにじませる。

ああ、この色は。もうこれ以上の想定外はごめんだと身を強《こわ》ばらせていた千歳は、ほっと息をもらした。

理由はわからずとも危機感を覚えたのか、小鬼たちが一歩二歩と後ずさる。

なかなかいい判断だ。

ふぅわり、と千歳の目の前――先ほどまで小鬼たちのいたあたりに青い鬼火がともる。

それは見る見るうちに大きく、静かに燃え盛り、やがて人の姿を形作った。

「やめやめ。お前たちのような小物がこの娘に触れれば、加護に切り裂かれてしまうぞ」

飄々《ひょうひょう》とした声がその場に響く。

「それにこの娘は私の獲物だ。くれてやるわけにはいかないよ」

青い炎は黒髪に着流し姿の実体となり、地面へ足をつく。

「あーちゃん」

呼べば、彼は振り返ってなんとも言えない渋い表情を浮かべた。

「千歳」

聞き慣れている声や見慣れている顔なのに、話し方や浮かべる表情が違うだけでだいぶ印象が変わる。

「そう呼ぶのは人間のふりをしているときだけという約束だろう」

そうは言っても、彼の見た目は昼間と大差ない。着流しだって変わっていないし、黒髪だっていつものままだ。違うのは、黒縁眼鏡《くろぶちめがね》をかけていないこと、猫背《ねこぜ》がぴんと伸びていること、いつも眠そうな切れ長の目が開いていること。その瞳が青く炎を灯したように光っていることと、身体《からだ》全体を青い燐光《りんこう》が取り囲んでいること、それと額のてっぺんに象牙《ぞうげ》色の小さな角が生えていることくらいだ。

あきらかに人間の姿ではないし、違う部分もあるけれど、「灯」と見間違えるような姿ではない。

まあ約束は約束だ。

千歳は肩をすくめ、自分の従兄《いとこ》のふりをして人間社会にすっかり溶け込んだ怪異の名を改めて呼んだ。

「青行灯《あおあんどん》」

それが彼の生まれ持った名前であり、役割。

「私のお守りよりも仕事の方が大切なんじゃなかったの？」

「〝灯〟としてはそちらの方を優先したが、予定は完了したし、守り役をつとめるというのが私と千歳の契約だろう？」

余裕の笑みを浮かべる相手に千歳は重々しくうなずいて見せる。

「そうだよ、君の言い出した取引だ」

十三年前の祖母の通夜《つや》の晩のことだ。

何も知らなかった千歳は青行灯を呼び出した。最初から彼を呼び出すつもりだったわけではなく、千歳は愛する祖母の魂を呼び寄せるつもりだった。

仕事で家を空けることの多かった父母や、跡取りとして父母に同行することの多かった兄とはともにいられる時間が少なかったが、幼い千歳は寂しくなんてなかった。同居していた祖母がいつだってそばにいてくれたからだ。

『おばあちゃんは、ずっと私といてくれる？』

甘えてまとわりつく千歳に、祖母はやさしく笑って何度もうなずいてくれた。

『もちろん。ちーちゃんがもういいよ、って言うまで、ずっといっしょにいるわ』

そんな祖母が亡くなったことを、千歳は受け入れられなかった。もちろん悲しかったし、寂しかったし、ずっといっしょだって言ったのにとなじりたかった。

『ちーちゃん、あのね、青い紙を貼った行灯に火を灯して、怖いお話を百個すると「おばけ」が来るのよ』

蔵の探検をしていたときに見つけた行灯を見ながら、祖母が語ってくれたことがあった。

『特にお月様の出ない夜にはね、「おばけ」が来やすいの』

祖母の通夜の晩は、奇《く》しくも新月だった。悲しむ暇もなく忙しく働きまわる大人たちの目を盗み、涙でまぶたを腫《は》らした千歳は蔵の中でそれを実行した。

知る限りの怖い話をしゃくりあげながらひとり語り続ける彼女の姿は、異様というよりいっそ滑稽《こっけい》だっただろう。

「おばけ」の祖母が現れたなら、「行かないで」と願うつもりだった。それなのに、現れたのは祖母の幽霊ではなく、自らを「青行灯」と名乗る青く光る目をした角のある男だった。

百の怪談を語り自分を呼び出した相手の恐怖と記憶と多少の精気で腹を満たす、自分はそういうモノなのだ、と彼は語った。しかし、それにも退屈している。ゆえに、千歳とある取引がしたい、と。

これから千歳の命が尽きるまで、祖母の代わりを自分が務める。その対価として、命に影響のない範囲で毎日千歳の精気を貰《もら》い受ける。

それが彼の提示した条件だった。

怪しいとは思ったものの、千歳はうなずいた。祖母がいなくなり、父母も兄もほとんど家にいない毎日はきっと寂しくてたまらないから。たとえ人間でなかろうと共にいてくれる存在が欲しかった。

契約は交わされ、次の日の祖母の葬式に青行灯は千歳の年の離れた従兄として現れた。一族全員の記憶をいじったらしく疑われることもなく、しれっと涼しい顔で千歳の隣に立ち、小声で囁《ささや》いてきた。

『人間としての名前はお前が付けてくれ』

こうして、青行灯は千歳の十歳年上の従兄・青原灯となった。

いつだって千歳が望んだときにそばにいること。同時に、彼は自分の獲物——怪異たちからするととてもおいしそうな精気を垂れ流しにしている千歳——を横取りされないように守ること。

そのふたつが彼の主な役目だった。

「役目は果たすさ。そのために、目印を付けて馳《は》せ参じたのだから」

お守り、と渡されたものは、どうやら青行灯が飛んでくるための目印だったらしい。確かにお守りとして機能しているので問題はないのだが、勝手にＧＰＳを付けられたみたいで面白くない。

「不満は帰ってから聞こう」

むうっと頰《ほお》をふくらませた千歳に肩をすくめ、彼は百鬼夜行《ひゃっきやぎょう》に向き直った。

「さて。今言ったように、この娘は私の獲物で、私は娘の守り役だ。ここからは私が相手となる」

にぃっと笑った好戦的な表情は、いかにも怪異めいていた。

三　乙女、図らずも家業に勤しむのこと

小鬼たちはもうすっかり怯《おび》えてしまって、じりじりと後退している。だが、彼我《ひが》の力量差を理解して戦いを避けるのは賢いやり方だ。

「……お前は、青行灯、なのか」

黒い靄《もや》の向こうから、腕の主が声をかけてきた。

「いかにも。私は青行灯だ」

青行灯は面白そうにうなずく。

青行灯、というのは彼本人の名前ではなく怪異としての彼ら総体の呼称だそうだが、そもそも彼らは個の識別という感覚自体が希薄らしい。個としての名前を持つのは、よほど強大なものだけだ。

「お前たちは人間のする怪談に引き寄せられ、彼らの恐怖をすすり、精気を掠《かす》め取るだけの存在だろう」

おそらく「名前持ち」だろう力に満ちた鬼は、怪訝《けげん》そうな口調だ。

「そんなお前が守り役だと？　それは青行灯としてのあり方から外れている」

鬼の言い草に千歳は首をかしげ、青行灯は鼻を鳴らした。

「それに、どうしてそれほど力に溢《あふ》れ、肉体まで維持している」

確かに初めて出会ったときの青行灯はもっと存在感が薄かったが、次の日祖母の葬儀に来た彼はもう今の彼だった。見た目は今より若く十五歳という自称にふさわしかったが、肉体はしっかりあった。

ぎゅっと握った手が、思っていたより温かくて意外だったことを覚えている。

「……その、娘のせい、なのか」

鬼の意識が自分の方へ向いたのを感じて、千歳は少し身を強《こわ》ばらせた。

「お前、真魚寺の娘だと言ったな」

先ほどの千歳の名乗りを、鬼はしっかり聞いていたようだ。少し険しくなった声で問いかけられた。

「娘、お前は自分を青行灯に食わせているのか」

「死期が近づくほど貪《むさぼ》ってはいないし、双方納得ずくの互恵《ごけい》関係だ」

千歳が答えるよりも早く、青行灯がつまらなさそうに答える。

「そんなことより、そこの小鬼どもが私の獲物に手を出そうとしたことの方が問題だ」

ちらりと流し見られ、小鬼たちがびくびくと身体を震わせた。なんだか弱いものいじめをしているようで、申し訳なくなってくる。

「確かにこの娘は物見遊山《ものみゆさん》気分で百鬼夜行を見物に来る考えなしだし、自分がいかに我々にとってうまそうな食い物なのか自覚もしていない阿呆《あほう》だが――」

うちの守り役が威圧的ですみません、と心の内で謝っていたら、話がこちらに飛び火してきた。

散々な言われようだ。あとで見ていろ、と横目でにらんだが、青行灯はしれっと無視してきた。

「今は昔とは違うんだ。簡単にヒトの肉を喰らおうとするのは問題だろう。目先の欲にとらわれて頭領《とうりよう》の言葉も耳に入らないなんて、ろくな鬼の生まれない時代になったものだ。なあ、捨て山の大三郎」

最後の呼びかけに、巨大な腕がかすかに反応した。

その名前は千歳も聞いたことがある。

ここから少し離れた場所にある山は、その昔姥捨《うばす》ての場所となっており「捨て山」と呼ばれていた。そして、そこには大きな身体をもつ赤鬼がいて、ここいら一帯の鬼の頭領だったという。その鬼の名前が大三郎だ。

酒呑童子《しゆてんどうじ》や茨木童子《いばらきどうじ》といった全国区レベルの鬼とは比べものにならないが、郷土史にも名前を残す強力な鬼だ。

「え、捨て山の大三郎なの？」

青行灯の着流しの袖《そで》を背後から引っ張りつつ、目の前の腕を指差して小声で訊ねる。うっとうしそうに振り返った青行灯は「そうだ」と軽くうなずいた。

「このあたりで百鬼夜行を率《ひき》いることのできる鬼なんて、もう大三郎以外に残っていない」

「おおおぅ、伝承レベルとの遭遇《そうぐう》」

興奮してぴょんぴょん跳ねると、「少し黙っておとなしくしていろ」と片手で頭を押さえつけられた。

「灯」の時は昼行灯だけれど優しくて物腰穏やかな好青年を演じているくせに、元の姿に戻るとたんに言動に遠慮《えんりょ》がなくなる。千歳の害になることは言わないいししないから、不快だろうと言いなりになるしかないところもまた腹立たしい。

口をつぐんだ千歳を確認してから、青行灯は悠然《ゆうぜん》と胸を反らして大三郎（の腕）を見上げた。

「子分の不始末、どうつけるつもりだ？」

因縁《いんねん》をつけるにも程があるだろう、と思ったけれど言わないでおく。

そもそもことの発端はヒトである千歳が彼らの道行きをのぞき見たことなのだ。最初の非は千歳にある。それなのに全面的に鬼たちが悪いような態度で押し通す青行灯は、正直ただのチンピラにしか見えない。

同じことを思ったのか、黒い靄の奥からため息のようなものが漏《も》れ聞こえてきた。だが、大三郎が反論するよりも早く、新たな声が会話に乱入してきた。

「大三郎殿を責めないで下され」

割れ鐘《がね》のような大三郎の声とも、小鬼のキイキイ声とも違う。壮年の男性の声だ。

「大三郎殿は、我々の願いを聞き届けて下さっただけなのです」

声のした方を見た千歳は、きょとんと目を丸くした。そこにいたのは、茶の湯用の大振りな茶碗《ちゃわん》の頭に人間の男性の身体を持つ付喪神《つくもがみ》だった。茶碗の表面には特に顔らしきものはついておらず、のっぺりしている。だとすると、声はいったいどこから出ているのだろう。

首をかしげていると、再び茶碗の付喪神が語りだす。やはり声は彼から聞こえていた。

「我らは、こやつを——」

彼の挙げた片手に、宙を舞っていた古書のうちの一冊が落ちてくる。古書、と言ってもよく見ればそれは薄汚れた文庫本だった。周囲を飛んでいる他の巻物や和綴《わと》じ本とは比べものにならないほどに新しい。

「同族のよしみで元の主のもとに戻してやりたいと思っていたのですが、我々だけの力ではどうにもたどり着ける気がしませんでした」

困ったように首をかしげ、茶碗の頭が大三郎の腕を振り仰《あお》ぐ。

「途方に暮れていたところ、大三郎殿が『それならば送り届けてやろう』と申し出てくださったのです」

ですから此度《こたび》のこと責はすべて我らに、と深々と頭を下げた相手に、青行灯はわざとらしく眉《まゆ》をひそめた。

「そうだとしたなら、お前たちはどう贖《あがな》うと言うんだ？」

なおも横柄《おうへい》な態度を崩さないで大三郎たちを責め立てようとする青行灯だったが、頭にのったままだった彼の手を引き剝《は》がした千歳は身を乗り出して彼の言葉をさえぎった。

「その文庫？　付喪神なの？」

「……ええ、ヒトの言葉を語ることすらできませんが、主の思いが深かったのでしょう、生まれ落ちてからの年月は足らぬものの立派に我らの仲間入りをしております」

茶碗の答えに、千歳は「ふぅん」と唇を尖らせた。

「それで？　その子はどこに戻りたいの？」

「千歳」

うんざりとした青行灯の声はもちろん無視し返してやる。

「こやつは最近主を亡くしまして。それで古書店に売り払われたのですが、主の奥方のもとへ戻りたい、と泣き叫ぶ声が古道具屋の我らまで届きまして」

「ふむふむ」

それで百鬼夜行《ひゃっきやぎょう》かぁ、とうなずき、千歳はごつくて毛むくじゃらの腕を見上げた。

「やさしいんですね」

にっこり笑いかけると、靄の奥から深い深いため息が返ってきた。何でだ。

「娘」

「千歳ですよ」

割れ鐘の声に名前を呼ばれ、素直に返事する。

「真魚寺といえば、我ら隠《オニ》や霊《タマ》とヒトの間を取り持つ一族の名だ」

「そうですね」

それにも素直にうなずく。

誤魔化《ごまか》す理由も存在しない。千歳自身、大三郎に対して早々に家名を利用しようとしたのだから。

徒人《ただびと》には見えぬもの、触れえぬもの。それを見て、触れて、それらと交渉したり、ときに人間のために彼らを排除したりする。それが真魚寺の家業だ。父も母も兄も、先祖代々続くその仕事に従事している。

「ひとつ、頼みがある」

大三郎の言葉の先を察した千歳は笑顔のまま首を横に振った。

「でも、私は家業を継ぐつもりはないんです」

「我らの道行きを盗み見たことを詫《わ》びるつもりがあるのならば、ひとつ頼みを聞くくらいよいのではないか？」

特になじる調子でもなかったが、大三郎は淡々と言い返してきた。

「それを言われると弱いですね」

「千歳」

守り役として青行灯が目くじらを立てるのは当然だし、真魚寺の家訓にも「異世《ことよ》のものの頼みごとを易く引き受けてはならない」とある。だが、千歳自身の信条は少し違う。

怪異だろうと意思の疎通《そつう》ができるのならば、対等にふるまいたい。負い目を感じることなく、理不尽を押しつけるでもなく、礼を失することもない自分でありたい。

「いいでしょう」

そう答えると、青行灯が眉間《みけん》にしわを寄せ片手で顔を覆《おお》った。唸《うな》るような声をもらしているものの何も言ってこないのは、何を言っても千歳が引かないとわかっているからだろう。

「おいで」

声をかけると、茶碗の付喪神の手の中にいた文庫本がぱたぱたと羽ばたいて、千歳の差し出した手の中に着地した。

表紙は色あせ、中の紙も焼けていて、古書特有の香りが鼻先をくすぐる。

「この子の探している人がどこにいるのかは、まだわかっていないんですね?」

一晩で探し当てたなら、「商店街に百鬼夜行が現れる」なんて噂《うわさ》にもならなかっただろうし、今宵《こよい》千歳が彼らに出会うこともなかっただろう。彼らが百鬼夜行を繰り返すのは、目的の人物に会えていない場合だけだ。

「夜毎《よごと》捜し歩いてもいいのだがな。やはりヒトの目に付いてしまう」

ため息まじりの大三郎の言葉に、苦笑する。

「百鬼夜行は目立ちますもんね」

百鬼夜行は力ある怪異による道行きだが、率いる怪異の影響によって列に加わっている他の怪異の力も一時的に高まる場を形成する。だからこそ自力では遠くに行けない付喪神たちも商店街を抜けて人探しを行えたのだが、同時に普段は怪異を見ない人間の目にも彼らの姿は映りやすくなる。

確かにこのまま百鬼夜行を率いて目的の相手を探し回るより、人間である千歳が情報収集して動いたほうが効率良さそうだ。大三郎もそう思ったからこそ、渡りに船とこの案件を投げたのだろう。

「私が引き受けるのは、この子をこの子の元の主の奥方に届けること。その代わりに、私が貴方《あなた》の道行きをのぞき見た無礼は水に流していただける。それでいいですね?」

契約の条件をしっかりと確認しておくのは基本中の基本だ。

違いない、と大三郎が答えるのを聞いてから、千歳は視線を自分の手の中の古書に落とした。

「それで、この子はもともとどこの誰のものだったんです？」

「ああ、それは――」

再び茶碗の付喪神が口を開く。

家の名前に聞き覚えはなかったが、家の場所には心当たりがあった。鼻先を濃い緑と線香の香りがかすめる。

「……なるほど」

つぶやくと、むくれている青行灯を振り返る。

「今度は最初から付き合ってくれるよね？」

首をかしげて問いかければ、彼はつまらなさそうに鼻を鳴らす。

「見張っていないと、お前はすぐに面倒ごとを抱え込むからな」

そんな相手と契約を結んだのは彼自身だ。いい加減あきらめればいいのに。

とにかく、青行灯もこれ以上ごねるつもりはないらしい。

「では、鬼の御方」

大三郎に向き直ると、千歳はよそゆきの笑みを浮かべた。

「この仕事、真魚寺の末子、千歳がつつしんでお引き受けいたします」

家業を継ぐつもりはないが、たまには「真魚寺の娘」らしく振る舞ってやろうではないか。

そんな千歳を見ていた青行灯が、背後でため息をこぼした気配がした。

四　乙女、事の顚末に至るのこと

ぱらぱら、と焼けたページをめくって、千歳はうんざりとした声を上げた。

「あーだめだ。私、センチメンタルやらロマンチックやらと相性悪いわ」

彼女の声に、文庫本がふるりとわずかに震える。

「ああ、ごめん。別に君のことが嫌いってわけじゃないから」

ただ君の中身が苦手でね、と言い訳して、付喪神《つくもがみ》の背表紙をなだめるようになでた。

付喪神は年季の入った文庫本で、内容は後に自然主義、告白文学で名を馳《は》せた文学者の処女詩集を含む合本詩集だ。美しい、浮世離れして麗《うるわ》しい言葉の数々が並んでいる。

奥付は初版初刷で、刊行は五十年近く前だったが、刷を重ねているので今でも書店に行けば買えるはずだ。

「何ぶつくさ言ってるの。あやしいからやめなよー」

座って待っていた千歳のもとに、灯が戻ってきた。

「それで？　手続き終わった？」

問いかけると、彼は先に立って歩き出す。

「新館の五階だって」

「そ」

うなずくと、待合のベンチから立ち上がった千歳は彼を追い抜いてリノリウムの廊下《ろうか》を進む。

「ちーちゃん」

「迷わないよ。ここ、おばあちゃんが入院してたときに一通り探検したから」

咎《とが》めるような彼の声には、振り返らずに答える。

あの商店街からそれほど遠くない場所にある総合病院。ここに付喪神の探し人はいるはずだった。

「……その階なら、うん、たぶんそんなに大変な病気じゃないはず」

新館の五階は内科一般病棟だったはずだ。祖母が入院していた場所とは違う。

「もうすぐ、会えるよ」

手にした文庫本の表紙をそっとなでると、千歳はエレベーターのボタンを押した。

あの百鬼夜行《ひゃっきやぎょう》の夜が明ける前に、付喪神の文庫本には一度古書店に戻ってもらった。そのまま連れて行ってもよかったのかもしれないが、少々良心が痛んだので翌日古書店が開いてからきちんと購入して連れ出したのだ。

傷みが激しいし書き込みがあったから、と店主はずいぶんと安く売ってくれた。世にも珍しい付喪神だが、店主はその事実を知らないし、知っていたとしても古書としてのプレミアとは無関係だったろう。

次に付喪神が元々いた家に向かい、在宅中だった元主の娘から目的の人物——彼女の母親が現在どこにいるのかを聞き出した。

具体的には、本性のときとは大違いの人当たりの良さを発揮した灯が、

『商店街の古書店でこちらを教えていただいたのですが——』

『あちらにお売りになったもののことでお聞きしたいことが——』

『ああ、一月前にお父さまが亡くなられて……。そんな大変なときに押しかけてしまって、本当に申し訳ありません』

『そうですか、お母さましかそれはわからないんですね？　それでそのお母さまは今どちらに——』

と流れるような（嘘を含む）会話で必要な情報を引き出していく隣で、千歳は黙ったまま会話にあわせて表情を変えていただけだ。

怪異としての能力を使ったのかは定かでないが、灯の手腕は見事なものだった。会話を開始して二分で相手の警戒心を解き、五分で座敷に通されてお茶まで出してもらい、二十分で必要なことをすべて聞き終わり、ご霊前への焼香と雑談も含めてきっかり三十分で暇《いとま》

を申し出た。

彼の口車には乗らないようにしよう、と千歳は強く心に誓った。

いろいろあったが、そうしてやって来たのがこの総合病院だ。

娘さんによれば、彼女の父親は一月前に突然倒れてそのまま他界してしまったそうなのだが、葬儀が終わり、いろいろな手続きを進め、やっと遺品の整理に着手したところで今度は母親まで倒れてしまったらしい。幸い、母親は過労との診断だったが、高齢であることもあり、各種検査も含め念のために少しの間入院することになったのだという。

灯の聞いてきた病室のドアを開ける。六人部屋だったが、目的の人物はすぐにわかった。

部屋の一番奥、窓に最も近いベッドだ。

千歳の手の中で付喪神がぴくん、と飛んでいきたそうに動いたし、千歳自身も彼女を遠目に見たことがあった。

彼女はいつだって、亡くなってしまった夫といっしょになって畑仕事に精を出していた。大変そうではあったけれども、ふたりは仲睦《なかむつ》まじげに笑い合っていた。

遠からず建売住宅に変わってしまう、あの畑で。

「こんにちは」

声をかければ、ベッドの上で上半身を起こし、窓の外を眺めていた彼女がこちらを振り向いた。

「こんにちは」

やさしげなほほえみを浮かべてから、困ったように首をかしげる。

「ごめんなさい、どこかでお会いしたことがあったかしら」

見ず知らずの人間が突然病室に押しかけてきたというのに、彼女は深くしわの刻まれた顔から穏やかさを失ったりしなかった。

「いいえ、初めまして、です。突然お邪魔してすみません」

今回は灯が口を開くより先に、千歳自身が一歩前に出て頭を下げた。

「私、真魚寺千歳と申します。本日は、こちらの本をお届けにまいりました」

そう言って差し出した文庫本に、彼女は軽く目を見開いた。

「あら、これは。千歳さんは古本屋さんのお使いでいらっしゃったの」

「これは、貴女《あなた》のお手元にあったほうがいい本、だそうですので」

相手の勘違いは訂正《ていせい》しないまま、千歳は話を進めた。

「どうぞ、お受け取りください」

長年農業に従事してきた骨太の指が文庫本に触れた瞬間、千歳の指先に付喪神がほっと息をついたような気配が伝わってきた。

やっとあるべき場所に戻れたのだ。良かったね、と純粋に思う。

「……この本は、主人のものだったの」

両手で受け取った文庫本を見下ろしながら、思いを馳《は》せるように彼女がこぼした。

「私、あの人とは違って、あんまり本は読まないから。うちに残していても宝の持ち腐れでしょう？　だから、古書店でひきとっていただいたの」

その口ぶりからすると、古書店に売り払ったのはその文庫だけではなく、亡くなった夫の蔵書のほとんどだったのだろう。

「だけれど、どうしてこの本だけ――」

そう言いながらぱらぱらぱらとページをめくっていた彼女は、とあるページで手を止めて「まあ」とふき出した。

「まあまあ。あらあらあら」

たった今までのしんみりとした気配を消し去り、ころころと声をあげて笑う。

どうしたことか、と目を丸くした千歳に、彼女は笑いすぎて目の端に浮かんだ涙をぬぐいながら「あのね」と口を開いた。

「私の夫はね、優しいけれど無口な人でね、何を考えているのかあまりよくわからない人だったの」

つい先日亡くなった夫を思いやっているのだろう彼女の目は、その人と過ごした在りし日を思い出しているようで遠くを見つめている。

「子どもにも恵まれたし、毎日が穏やかだったけれど、お見合い結婚だったし、あの人はそんな感じの人だったから、私は自分が必要とされているのかずっと不安だったの」

私はあの人のこと好きだったんだもの、といたずらっぽく続け、彼女は眉《まゆ》をひそめる。

「下の子が小学校に上がった頃だったかしら。些細《ささい》な言い争いになってね、その時に私、ついつい言っちゃったのよねぇ」

言葉を区切った彼女は、照れくさそうに苦笑する。

「あなたは私のこと愛してなんかいないんだわ、って」

今になって思えば三十を過ぎていたのに子どもっぽかったわよねぇ、としみじみつぶやいているものの、当時の彼女にとっては切羽詰まった問題だったのだろう。

「自分が好きな人に、自分を好きになってほしいと望むのは、当たり前のことじゃないんですか？　年齢なんて関係なく」

大人は、その気持ちをのみこむのが上手になっているだけで。まだまだ子どもの千歳はそう思う。

思わず口をはさめば、彼女は目を丸くして、それからくしゃりとほほえんだ。

「そうね。もちろん、そうだわ」

愛してるだなんて言ってくれなくても、違うって私の言葉を否定してくれればよかったのに、そう話を続ける。

「怒鳴った私に、あの人は何も言い返してくれなかった。私はそれにすごく傷ついて、もういっしょにいられないんじゃないかって思ったのだけれど——」

そこまでしんみり語っていた彼女が、再び「ぷっ」とふき出した。

「つ、次の日、あの人ったら真っ赤な薔薇《ばら》の花束を無言で差し出してきたのよ！　しかもラブレター付きで！」

三十過ぎの夫が赤い顔でラブレターよ、と苦しそうに笑う。

「内容もね、普段のあの人からは考えられないようなロマンチックな言葉ばっかりでね、でも小難しくって、ラブレターなんだかもちょっと怪しいものだったんだけど、でもやっぱりラブレターらしくて、もう読みながら呆然《ぼうぜん》としちゃって」

あんまりにもびっくりしたから仲直りしたの、とあっけらかんと告げる。

「でもね、あの人ったら何を反省したのかその後結婚記念日のたびに薔薇の花束と同じようなラブレターをくれるようになってね」

あの無口な人の中にこんな言葉が詰まってたのかと毎年楽しみだったのだけれど、と彼女はにんまりと笑う。

「見てちょうだい、これ」

差し出されたのは、たった今届けたばかりの文庫本だ。彼女はそのページを開いて千歳たちに差し出している。

のぞき込めば、詩の一文に鉛筆で波線が引いてあった。先ほどまでその本をぱらぱらとめくっていた千歳は、似たような線がそのほかのページにもたくさんあるのを知っている。だからこそ、古書店の主人も安くこの本を譲《ゆず》ってくれたのだ。

「この単語、見覚えがあるの」

彼女の指が、すっと鉛筆の線をなぞるように動いた。

「この本は、夫のラブレターのあんちょこだったのねぇ」

自分の言葉で妻に愛を伝えられなかったその人が、彼女のために選んだ言葉の数々。

そこに確かに残された、その人の想い。

濃く強く残されたその想いが、まだこの世に生まれて五十年に満たぬ文庫本を付喪神《つくもがみ》にした。

「あぁ、でも、もしここにない単語があったら、それはあの人が真っ赤になって考えた言葉なのかしら」

つき合わせてやろうかしら、と茶目っ気を出して笑う彼女は、きっと夫からの手紙を今もすべて保管しているのだろう。

「ありがとう、千歳さん。確かにこの本は手元に残しておきたい本だわ」

夫の死を受け止めて、文庫を胸に抱きつつやさしくほほえむ老女の姿に、なんとなくほっとした。

付喪神をあるべき場所に戻せたことへの安堵《あんど》だけではない。

当たり前だと思っていたものは、あっけなく消えてしまう。今も、昔も、たぶんこれからも。どんなに寂しくても、切なくても、嫌だとわめこうと容赦《ようしゃ》なく。

それでも、後に残るものは、あるのかもしれない。

彼女に、不器用な夫の言葉が残ったように。

千歳にも、祖母が残してくれたものがあったのかもしれない。千歳が気づけずにいるだけで。

そう思えたことが、なんだか嬉しかった。

「いいえ――」

昨晩百鬼夜行《ひゃっきやぎょう》を見に行かなければ、大三郎に見つからなければ、付喪神の願いを聞き入れなければ、千歳は今ここにはおらず、彼女に出会わず、こんな風に考えることもなかっただろう。

縁というのは奇々怪々で、だからこそ面白い。

「お役に立てましたなら、幸いです」

この出会いは、千歳にとっても意味のあるものだった。

そこのことを噛《か》み締めながらも、笑みを浮かべた千歳はゆっくりと頭を下げた。

「と、言うわけで、無事に役目は果たしてまいりましたよ、鬼の御方」

風呂敷で包んだ一升瓶《いっしょうびん》を地面に下ろしながら、千歳は目の前の大岩に声をかけた。

姥捨《うばす》て山の頂上近くにある大岩は、地元の古老たちに「鬼のまな板」と呼ばれている。名前の由来は上面が平らになった形状からだろうが、青行灯によれば確かにここに大三郎が宿っているらしい。古くからの巨岩信仰の場であったこともあり、怪異が宿るにはうってつけの場所、とのことだ。

声をかけてしばらく待っていると、「まな板」の上にもやもやと黒い靄《もや》が現れる。ぞわり、と背中の皮膚《ひふ》が粟立《あわだ》つような、どこか馴染《なじ》みの感覚がした。

黙って見守っていると、漂っていたそれは百鬼夜行の晩に見た靄の塊《かたまり》になる。あの時と違うのは、そこからのぞくのが毛むくじゃらの腕ではなく、金色の一つ目である、ということだ。

靄の真ん中からこちらを見下ろす目が、ぎょろりと千歳をとらえた。

「真魚寺の裔《すえ》か」

「千歳ですって」

どうして名前で呼んでくれないんですか、とむくれて見せた彼女にかまわず、大三郎は目を細めた。

「ご苦労だった」

さらりとねぎらわれたことに目を瞬かせてから、千歳はにこりと笑った。

「いえいえ、お約束ですから」

正確には契約だが。

「これにて、私の仕事は終了、ということでよろしいですか?」

その確認をきっちり取るべく、山登りまでしてきたのだ。

頂上まで運んでしまえば足の萎《な》えた老人には下山できない、ということで「姥捨て」の場に選ばれていたこの山は、なかなかに険しくここまで来るのも骨が折れた。今はまだ明るいが、下山しているうちに暗くなってしまうかもしれない。

「ああ」

それでいい、と大三郎が答えたのを聞き届け、千歳も大きくうなずいた。

「それでは、失礼いたします。また何か、機会がありましたら、いずれ」

そのまま立ち去ろうとしたのに、大三郎が呼び止めた。

「娘」

あくまで名前は呼んでくれないらしい。

「……お前は、これ以上我々との縁を結んではーー縁を深くしてはいけない」

声音《こわね》にも、金色の目にも、何かを憂《うれ》うような、こちらを案じるような色がにじんでいる。

ああ、と千歳はうっすらと笑った。

「やはり大三郎殿はおやさしいですね」

からかうような声音に大三郎が声を荒らげるよりも早く、千歳は首を振る。

「縁というのは、勝手に結ばれて、勝手に深まってしまうこともあるものでしょう？」

望むと望まざるとにかかわらず。

「でも、そうですね、ご忠告感謝いたします」

笑みを浮かべたまま頭を下げ、きびすを返した千歳に、今度は大三郎も何も言わなかった。


四苦八苦しながら山を下っていると、リュックについた根付の鈴が細かく震え、白いぼんぼりに青い炎が宿る。青い鬼火が宙に浮かび、あっという間にそれは青行灯となった。

「無事に済んだようだな」

そう素っ気なく言う彼をにらみ上げ、額に汗を浮かべた千歳は唇を尖らせた。

「全部終わってから来るなんて、職務怠慢《たいまん》なんじゃないの？」

本日の報告にも誘ったのだが、灯として用事があるとかで断られたのだ。

「ふぅん。そんな口を利《き》くなら、迎えも必要なかったか」

意地悪な口調でそう言った空中の彼の足をがっしりつかみ、不満げな顔から一転、千歳は満面の笑みを浮かべて見せる。

「やだ、青行灯、やさしい」

現金なやつめ、とぼやきつつも、彼は降りてきて彼女の身体を抱き上げた。

自分ひとりならば空間を跳躍することもできる青行灯だが、千歳がいっしょだと抱えて宙を飛ぶのが精一杯らしい。一度、どうしても空間をいっしょに飛んでみたいと駄々をこねたら、お前の寿命が二年分縮む程度の精気をくれたら飛べると真顔で答えられて以来そのお願いはしないことにしている。

青行灯の首に腕を絡ませれば、彼はふわりと高度を上げる。木々の梢《こずえ》をかすめながら飛ぶ、普通ならば見られない光景に目を細める。

「……やっぱり、今の姿のときも『あーちゃん』って呼んじゃだめ？」

耳元で囁《ささや》くと、青行灯はちらりとこちらを見て、鼻を鳴らした。話にならない、という意思表示だということは知っているが、千歳は言いつのった。

「だって、私の青行灯はあーちゃんだけだから」

千歳は他の青行灯に出会ったことがない。大三郎は、千歳の目の前にいるこの青行灯が、青行灯としてのあり方から外れていると言ったけれど、千歳が知っているのは彼だけだ。

「……私を食べていいのもあーちゃんだけ」

自分が怪異にとっておいしそうに見える存在だとしても、千歳が食べることを許したのはこれまでも、これからも、彼だけだ。

「私以外に喰われたりなぞしたら承知しないぞ」

不機嫌そうな声には、そんな契約違反みたいな真似《まね》しないよー、と答えて、彼の額に自分の額をごつりとぶつけた。

青い瞳を、まっすぐにのぞき込む。

「その権利は、私が契約を交わした、君のもの。私が『あーちゃん』って呼ぶ君だけのもの」

怪異たちは、個の識別に対する意識が薄い。それは、よほど力の違いがない限り、そこにいるのが自分であっても他の同族であっても大差ないから。種族の名前は役割であり、その役割を果たすのならば自分でも他者でも同じだから。

でも、千歳にとっては違う。自分が契約を交わしたのは、「青行灯」と呼ばれる存在ではなく、たったひとりの「彼」なのだから。

どんな姿のときでも「彼」を「彼」として区別するための名前が必要なのだ。

「だから『あーちゃん』って――」

「呼ぶな」

呼んでいい、と訊ねることはできなかった。強い拒絶の言葉に、出るはずだった続きは喉《のど》に張り付いた。

「私は、青行灯だ」

それだけ言うと、彼は一切の反論を受け付けない固い表情で前だけを見た。

千歳は押し殺したため息をもらし、彼の肩口に額を擦りつけ、身を任せる。

灯でいるときの彼はやさしい。夜遅くに出歩く千歳をたしなめるし、先を歩けば迷子にならないかと心配するし、用もなく家を訪ねていってもいつだって何も言わずに迎え入れてくれる。それは人間としての仮面なのだと彼は言うけれど。

きっと青行灯はやさしい。帰り道が暗くなる前に家に着けるよう迎えにきてくれるくらいには。たぶん、契約だからだと彼は言うだろうけれど。

こんなに近くにいるのに、心だって近くにあるような気がするのに、十三年もいっしょにいるのに、どうしても踏み込めない領分があって。こんなにやさしくするくせに彼は千歳を拒《こば》み続ける。

「けち」

ちいさくつぶやいて、首に巻きつけた腕に力を込める。

だから、千歳は知りたいのだ。怪異のことが。彼らのありさまが。彼らの考え方が。危ないとたしなめられても、飛び込んで行かずにはいられないのだ。

あの夜声をからしながら語った怪談よりも多くの怪談を己が身で体験して——いつか、いつの日にか、怪異であり、守り役であり、祖母を失って真っ暗闇で泣いていた自分を青い灯で照らしてくれた大切な人である彼を理解するために。

制限時間は千歳の寿命が尽きるまで。

どうか間に合いますように。

祈りながら、千歳は思いのほかあたたかな身体《からだ》に寄り添った。

斜陽のけだもの

「どうしてだめなの」

記憶の中の、甘ったれた幼い声がそう言う。

「ダメなものはダメなんだ」

それに対して、こちらも幼い、それでもしっかりとした声が答えた。

腕の中に抱えていたあったかいふわふわもこもこを取り上げられ、千歳《ちとせ》は涙目になる。

「おにいちゃんのいじわるー」

あーん、と嘘泣きまじりに声を張り上げて家に飛び込むと、そのまま祖母の部屋に駆けこんだ。

「おばあちゃん！」

千歳の勢いに目を丸くした祖母は、すぐにやさしくほほえんで「どうしたの」と訊ねてくれる。

「おにいちゃんが、わたしのねこ、とったー」

かっちゃダメっていうー、と訴えると、祖母は困ったように首をかしげた。

「あらあら、そうなの？」

千歳は祖母が自分の味方をしてくれると信じて疑わなかった。彼女はいつだって自分の味方だったから。

それなのに、その時の祖母はますます困ったように眉《まゆ》を下げ、そっと千歳の頭をなでた。

「でも、おばあちゃんも今日の猫はやめておいたほうがいいと思うわぁ」

「なんでぇ」

期待していた味方が得られず、千歳はますますぐずった。

「そうねぇ。家につくものは、厄介《やっかい》だからねぇ」

さびしそうに目を細めて、祖母はどこか遠い目になった。

「……私は、これ以上、あなたたちに面倒を残したくないのよ」

祖母が何を言いたいのか、当時の千歳にはわからなかった。ただ、その時の祖母には静かなのに逆らえない何かがあって、泣きわめいてみてもこのわがままを押し通すことはできないのだと幼心に理解できてしまった。


ふっと意識が浮上する。

布団の上で身を起こし、ぼんやり今見た夢に思いを馳《は》せる。

あれはいつのことだったか。たぶんよっつくらいの頃だったのだろうが、さだかではない。

幼い兄と、さらに幼い自分。そして、まだ元気だった祖母。今となっては幸福な記憶だ。

ふたつ年上の兄・千影《ちかげ》は、千歳が旧家の娘らしくないふるまいをすれば小姑のように口うるさいが、それでもおおむね千歳に甘い。

そんな兄だが、どうしても許してくれないことが昔からいくつかあった。

動物を拾ってくることもそのうちのひとつで、こっそりかくまおうとしても、かならず見つけ出されてとりあげられてきた。

いつだって千歳の味方をしてくれた祖母も、そのときだけは兄の側についてしまった。

「なんでだったんだろ……」

今でも祖母の言葉の意味はわからない。

ふあ、とあくびをして布団を出る。

目覚ましのアラームが鳴るより早く目が覚めてしまったが、早すぎるというほどでもない。

どうしてあんな夢を見たのだろう。

ひさしぶりに兄と外出することになっているからかもしれない。

「めんどくさーい」

せっかくの休日だ。正直このままもう一度布団にもぐりこんでしまいたいが、そんなことをしても兄に引きずり出されるのがおちだ。

千歳は観念して身支度《みじたく》を整えることにした。

一　乙女、家業に同行するのこと

ことの起こりは数日前の夜、千歳の家――真魚寺《まなでら》本家を人が訪ねてきたことだった。

「あれ」

大学から帰ってきた千歳は、玄関に見慣れない靴《くつ》があることで来客を知った。

時刻は七時を回っている。夜分遅く、というほどの時間ではないが、こんな時間に客が来るのは珍しい。それに、今日は両親ともに仕事で帰りは遅くなると聞いている。

玄関にある見慣れぬ靴は、履《は》きこまれた革靴で、持ち主はそれなりの年齢の男性であると想像される。兄や自分への来客とは考えにくいのだが、すでに家に上げている、ということは誰かしらが対応しているはずだ。

いったい誰が来ているのだ。

持ち前の好奇心がうずきだす。自分の家だというのに足音を殺し、千歳はそっと客間へ向かった。

襖《ふすま》越しに、もそもそと兄ともうひとり――おそらく壮年の男性――が言葉を交わしているのが聞こえる。が、それほど大きな声を出していないので、内容までは聞き取れない。

「むう」

少し悩んでから、千歳は息をつめ、襖を薄く開いた。

常日頃から有能な家政婦がきちんと手入れしていてくれるおかげで、軋《きし》むこともなく戸は滑る。

そっと中をのぞき込むと、思ったとおり千影と、父と同じくらいの年齢の男性が座卓を挟んで向かい合っている。

「んん？」

客の顔に見覚えがあるような気がして記憶を探るも、すぐには思い出せない。その間にも、兄と客人の話は進んでいく。

「……つまり、討《う》ちもらしがあったと、そういうことですか？」

重々しいため息をこぼしてから、千影が目の前の男性に声をかけた。

「まことにお恥ずかしいことではありますが……」

対峙《たいじ》する彼の顔色は悪く、額には汗が浮かんで照明の光を反射して光って見えた。自分の年齢の半分程度の、二十の青年を前に、おびえたように身を縮めている。

「討伐《とうばつ》後、死骸《しがい》の数を確認しましたところ、一匹足りず……」

そこまで聞いたところで、千歳は客の正体を思い出した。

彼は、真魚寺の分家筋にあたる人だ。法事で何回か見かけたことがある。そして真魚寺本来の仕事に従事する人物でもあったはずだ。

つまり、客人の状況としては、宗家に不始末を報告に来たところ、当主夫妻は不在だったため惣領《そうりょう》息子に会うことになってしまった、といったところか。

年齢に不相応な威圧感を発している千影のせいで、客人はすっかり委縮《いしゅく》してしまっている。彼だって仕事でそれなりの修羅場《しゅらば》をくぐってきただろうに。

今ではいくつもの事業を経営し、財をなしている真魚寺家だが、本来の家業は「祓《はら》い屋」と呼ぶのがもっとも近い。

今となっては時代錯誤《じだいさくご》な眉唾話《まゆつばばなし》として一笑に付されるような内容だが、それでも需要が絶えないからひっそりと続けられている〝仕事〟。

妖怪、怪異、化け物、あやかし……この世に存在する、徒人《ただびと》には見えぬもの、触れえぬもの。それを呼ぶ名は様々で、今の世の中彼らを見る人間が減ったことも確かだけれど、それを見て、触れて、それらと交渉したり、ときに人間のために彼らを排除したりする――それが昔から続く真魚寺の家業だ。

人間相手ではないとはいえ、当然荒事になることだってある。

「至急捜索はしたのですが、いまだ発見には至らず。このままでは再び増殖《ぞうしょく》して家人に害をなすのではないかと、恥《はじ》を忍んで参上いたしました」

本家の助力をいただければと、と頭を下げる男性に、千影はもう一度ため息をこぼした。

「増殖、ならばまだましでしょうね」

いいでしょう、とうなずき、了承を示す。

「その案件、私が引き取ります。そちらはもう手を引いていただいて結構ですよ」

資料は後程持ってきてください、と話を結ぼうとしたところで、何を思ったのか兄はすいっと視線を千歳のいるほうへ流した。

「あ、まず」

い、とつぶやいている間に、こちらをとらえた千影の目が軽く見開かれ、次に眉がつりあがった。

「っちゃー」

とっさに廊下《ろうか》の暗がりへ身を引いてみたものの、あれは明らかに気づかれた様子だ。しかし、あちらは現在来客応対中で、すぐさま追ってくるわけにはいかない。千歳は抜き足差し足でその場を離れた。

現行犯でおさえられなかったのだから、見逃してもらえないだろうか。そんな千歳の淡い希望は当然のように打ち砕《くだ》かれた。

「千歳」

兄の苦々しい声に、千歳と、千歳に夕食の給仕をしていた住み込みの家政婦・百瀬《ももせ》は動きを止めた。

「眉間《みけん》のしわは癖《くせ》になりますよ、千影さん」

年齢不詳の美女である百瀬にそう言われても、千影は顔色一つ変えず、手にしていた茶たくと茶碗《ちゃわん》を差し出した。

「あら、すみません。お客さま、お帰りになったんですね」

言ってくだされば片付けにまいりましたのに、と苦笑しつつ兄からそれを受け取るべく彼女は立ち上がった。

いつ見ても見とれてしまうつややかな黒髪の毛先が、さらりと背中の中ほどより少し上のあたりで揺れる。

「じゃあ、千影さんの分の夕食もお持ちしますね」

そう言い残し、彼女は厨房《ちゅうぼう》へと向かってしまう。

兄とふたりで残された千歳は、百瀬が卓の上に並べてくれた夕飯を口に運びながら兄の言葉の続きを待った。

眉間のしわを揉《も》みほぐすと、千影は千歳の正面へ腰を下ろす。

「盗み聞きは感心しないぞ」

じろり、とにらみつけられた。

口の中に入っていた竜田揚《たつたあ》げを飲み込むと、千歳は笑みを浮かべて首をかしげた。

「えー、なんのこと?」

空っとぼけてみたが、兄のするどい眼光は弱まらない。

本来「食事中はしゃべらない」という行儀作法《ぎょうぎさほう》を徹底している彼がここで追及してくるのは、食事が終われば千歳が自室に引きこもり、そのままだんまりを決め込むとわかっているからだ。

千歳は軽く肩をすくめると、早々に白旗を上げることにする。

「ごめんなさい」

反省の色は見えないものの、素直にそう口にする。わが兄ながら執念深い千影のことだ。この場をやりすごしても、一週間くらいは追いかけっこをするはめになる。

「こんな時間のお客さんが珍しくて、つい。でも、面倒ごとみたいだね?」

千歳は他人事《ひとごと》の口ぶりで訊ねた。

実際真魚寺の家業は千歳にとって他人事だ。父も母も兄も、先祖代々続くその仕事に従事しているが、千歳に継ぐ意思はないし、それを両親も認めている。兄だけはいまだに納得していないようだが、両親が認めていることに表立って異を唱えることもない。

「ああ、少し、な」

黙っていれば和風美青年である整った顔が曇る。と、何か思いついたようにまっすぐこちらを見つめてきた。

「千歳、お前、次の日曜は空いているか」

「え」

背筋を走ったいやな予感に、千歳は思い切り眉をひそめた。

「え、ええ、えーっと、うん、あーちゃんとね、お出かけする約束があるよ」

あーちゃん、と名前を出したとたん、千影の眉間にも再びしわが寄る。

あーちゃん、こと従兄《いとこ》の青原灯《あおはらあかり》と千影はどうしてだか馬が合わない。と、いうか、千影が一方的に灯のことを嫌っている。

「それはつまり、空いている、ということでいいんだな」

「え、違うよ?」

約束がある、と言ったのに、どうしてそうなるのだ。約束自体が口から出まかせなので、実際のところは空いているのだが、それはそれ、である。

「あいつとの外出なんて、いつにだって振り替えられるだろう」

「えー、でも、ほら、約束を破ることが問題、というか、親しき中にも礼儀ありというか」

お兄ちゃんいつも言ってるじゃない、と粘ってみると、千影はふむ、とうなずいた。

「そうだな。それは確かに」

あきらめてくれたか、と胸をなでおろしかけたが、安心するにはまだ早かった。

「では、俺からあいつに連絡を入れよう」

うわぁ、と思わず顔を覆《おお》う。

なんだかんだ察しのいい灯のことだ。週末に約束があった、という嘘には話を合わせてくれるだろうが、問題なのはそこではない。兄と灯が言葉を交わすと、必ずと言っていいほど何かひと悶着《もんちゃく》起こるのだ。

脳内で、兄と灯の間に起こる問題を仲裁《ちゅうさい》することと、兄の用事に付き合うことを天秤《てんびん》にかけ、瞬時に片方を選ぶ。

「……わかった。いいよ、お兄ちゃん。私からあーちゃんに説明する」

だから余計なことしないで。

きっぱりと言い放つと、千影はうなずいた。

「そうか」

顔色は変わらないが、兄の眉間からしわが消えた。

「それで?」

灯と接点を持つことすら常日頃避けている千影だ。そんな彼が灯に連絡を入れてまで千歳に頼もうとしている用件とは何なのか。

「今度の日曜日、何があるの?」

問いかけに、兄は「ああ」とうなずく。

「先ほど舞い込んだ依頼を片付けに行こうかと思ってな」

それに同行してもらいたい、と涼しい顔で言った兄に、千歳は眉をつり上げた。

「私、仕事は――」

「来るだけでいいんだ」

しない、と言い切るより先に、千影が言葉をさえぎった。

「お前はいるだけでいい」

「それ、何の意味があるの?」

今度の問いに、兄は答えなかった。

「危険な目には遭《あ》わせない。面倒にも巻き込まない」

だから、と重ねて頼まれ、千歳は肩を落とした。

しかたがない。

「本当に、行くだけでいいなら」

兄のことは嫌いではない。仕事に真面目《まじめ》に取り組む彼を、尊敬もしている。

不肖《ふしょう》の妹として、それくらいの協力をしても罰は当たらないだろう。

二　乙女、ふわふわに出会うのこと

　依頼主の家は、千歳たちの家の最寄り駅から数駅先の閑静《かんせい》な住宅街にあった。名高い高級住宅街、というわけではないが、昔からの住人の多そうな、立派な門構えの家々が並んでいる。

　両親は家の車と運転手を使っていいと言ってくれたが、それほど遠い道のりでもなく、天気も良かったので、千歳たちは駅から十数分歩くことにした。

　五月下旬の日差しはそれなりに強いが、吹き抜けていく風はさわやかだ。散歩気分で、朝の憂鬱《ゆううつ》な気分も忘れ鼻歌でも歌いたくなってくる。

　そんな千歳に、先を歩く兄が問いかけてきた。

「千歳は、ゲドを知っているか？」

　ここに至るまで、引き受けた依頼の内容を千影は説明してくれていなかった。「いるだけでいい」との言葉通り、本当についていくだけでいいから説明されないんだろうか、と思っていたのだが、そういったわけではなかったらしい。

千歳はあごに指をあてて、思案した。真魚寺家の一員として仕事はせずとも、それなりの知識は持ち合わせている。

「聞いたことはあるよ。憑《つ》き物の類《たぐい》だったと思うけど」

ゲド、は外道《げどう》とも呼ばれるものだ。

小豆飯《あずきめし》によって家人に養われ、家に繁栄《はんえい》をもたらすが、家が傾けば一転して家人にとり憑くようになる、と言われている。

管狐《くだぎつね》やオサキ狐、狗神《いぬがみ》といったものと同じ、憑き物だ。

「今から行く依頼主の家はな、ゲド飼いの筋なんだ」

「へえ、今でも飼ってる家なんてあるんだね」

憑き物筋と言われる家は、昔ならいくらかあった。しかし、憑き物は家に繁栄をもたらす半面、扱いは難しく、没落する家も多かった。それに、そういったものを信じることがなくなった現代では彼らの影響力も薄れ、同時に存在を保つのも困難になっている。

「飼っている、というのは、正確ではないな。飼いきれなくなったため、俺たちのもとへ依頼が来たのだから」

「あぁ、そういうこと……」

うすうす事情を察する。

どんな家にだって、苦しい時期はあるだろう。そんな時期を耐え忍んで、盛り返す家だってある。でも、憑き物たちはそれを許してはくれない。

繁栄か、没落か。憑き物筋の家にあるのは、そのどちらかだけだし、悪い形で家から家人に憑く先を変えられてしまえば次世代に家をつなぐことすら難しくなる。

ならば、そうなる前に憑き物をどうにかするしかないが、家で飼っている彼らを「落とす」ことはできない。できるのは、討《う》つことだけだ。

もちろんそれは誰にでもできることではない。依頼人が頼ったのが真魚寺だった、というわけだ。

兄がここに至るまで事情を説明しなかったことにも得心がいく。

彼は千歳がこういった人間の一方的な事情での討伐《とうばつ》や駆除《くじょ》を快《こころよ》く思っていないことを知っている。機嫌を損《そこ》ねれば、前言を撤回《てっかい》して行かないと言い出すのではないかと心配されたのかもしれない。

苦々しい思いがないと言えば嘘になるが、それでも千歳だって傾いた憑き物筋の家がどれだけ悲惨《ひさん》な目に遭うかは聞き知っている。これまで恩恵を受けてきたとはいえ、はるか昔の先祖が始めたことの責を今の家人がすべて負うべきだと言い切るほど非情にはなれない。

ため息をこぼすと、襖《ふすま》の陰で盗み聞きした内容を思い出して現状を確認する。

「それで、受けたはいいけど、一匹逃がしちゃったんだ」

ゲドやほかの憑き物の中には、一匹ではなく群れで家に憑くものがいる。大体が家族と同数か七十五匹一群れという単位で、家族——特に娘が増えると数や群れを増やすと言われている。これは、娘が他家に嫁《とつ》ぐ際、いっしょについていくからだ。

「真魚寺の信頼に関わる失態だ」

と、そこまで語った千影が、こちらを振り返って渋い表情を浮かべた。

「ところで、お前はいつまでついてくるつもりなんだ？」

お前、と呼ばれたのは、もちろん千歳ではない。千歳の隣に立つ、ひょろりと長い姿だ。

「えー、いつまでって、もちろんこのままふたりといっしょに行くつもりだけど？」

黒縁眼鏡《くろぶちめがね》の奥の常に眠そうな目に、猫背《ねこぜ》。背丈は高く、スタイルもいいし、顔立ちだって整っているのに妙にもっさりとして見える着流し姿の青年。

そう。どうしてだか青原灯がそこにいた。

「もともとちーちゃんと約束があったのは僕なんだし、同行するくらい許してよ、ちーくん」

嫌っている愛称で呼ばれ、兄の眉間《みけん》に深々としわが刻まれた。

「なんの役にも立たないくせに」

ふん、と鼻を鳴らした千影に灯は「昼行灯《ひるあんどん》」だとか「暖簾《のれん》に腕押し」だとかいう言葉が似合うぽやっとした雰囲気《ふんいき》を崩すことなくほほえんだ。

「見ることくらいはできるけど」

「それじゃあ自分の身も守れないだろうが」

千影の吐き捨てた言葉に「そうだねぇ」と灯はうなずく。

青原家は、そもそも真魚寺家のかなり遠い縁戚《えんせき》だった。もはや「見る者」もほとんどおらず、「真魚寺」として働けるものはもういない。唯一の例外だったのが千影と千歳の母で、彼女だけが先祖返りのように強い力を持って生まれた。

両親は恋愛結婚だったが、もし母に見る程度しか力がなかったら、きっと父との結婚は認められなかったはずだ。

自分の身を守るだけの力を持たない者は、見えるのならばなおさら「こちら側」に近づいてはいけない。それは、余計な危険に身を投じることだから。

真魚寺に伝わる戒《いまし》めのひとつだ。

「千歳のことは守るが、お前のことは責任持てないぞ」

それでも来るのか、と千影は念を押した。

「うん。それでいいよ」

灯の返答に思い切り舌打ちをして、「なら勝手にしろ」とそっぽを向く。

そのまま先を進み始めた兄の背中を見ながら、千歳はそっと灯の隣に並んだ。

「あーちゃん」

「ん？　なに、ちーちゃん」

平然といつもの調子で首をかしげた相手をうろんなものを見る目で見上げる。

「ねえ、本当になんでいるの？」

彼には、今日のことは何も話していない。約束がある、ということ自体口から出まかせだったのだから当然だ。それなのに、今朝兄といっしょに家を出たら門の前に彼がいたのだ。

「なんでって、それは僕がちーちゃんの守り役だからだけど？」

当然でしょ、と言わんばかりの相手をじとりとにらみつける。

普段は仕事があるだのなんだの言って千歳の「いっしょに来て」というお願いを断るくせに。

「僕も学習したんだ」

千歳の視線に含まれる非難の色に気づいたのか、彼は目を細めた。

「だってちーちゃんは目を離すとすぐに厄介《やっかい》ごとを抱え込むから。それなら、最初から見張っておいたほうが安全でしょ」

ね、と過保護な年長者のふりをしてほほえむ相手に千歳は毒づく。

「私が自ら進んで面倒ごとに首を突っ込んでるみたいな言い方やめて」

「自覚がないのはひどいね」

ゆゆしき事態だよー、と嘆《なげ》かれようと、殊勝《しゅしょう》な態度をとる千歳でもない。

「ある程度の相手までなら私だけで対処できるし、そうじゃなくても今回はお兄ちゃんがいるんだから」

お守りはふたりもいらないですー、と唇を尖らせると、灯は情けなく眉を下げた。

「えー、ちーちゃんひどい」

ひどいものか。ひどいのはそちらのほうだ。

千歳は先を行く兄に聞こえないように声をひそめた。

「盗み聞きものぞき見も感心しない」

自分も兄に言われたことだが、確かにやられて気持ちのいいものではない。

存在しなかったはずの「約束」。今日の外出の予定。どちらも灯は知っていた。普通の人間では知りようもないことだが、彼にはそれを知る力がある。

「今度やったら許さないから、青行灯《あおあんどん》」

そう呼びかけると、黒縁眼鏡の奥の目が、わずかに開いて青く底光りする。同時に「昼行灯」と呼ぶのがしっくりきていた彼を取り囲む空気が冷え、ふわりと妖艶《ようえん》な色を帯びた。

「許さない？」

こちらも千影には聞こえないように声をひそめ、さも面白そうに唇をつり上げた。

「お前を野放しにしておいては、私は『守り役』の務めが果たせなくなるぞ」

そう言う彼は、ほんの数瞬前までの「灯」とはまったく違う存在だった。

それもそのはずで、彼の本性は千歳が契約した怪異だ。

十三年前、祖母の通夜《つや》の晩。幼かった千歳がはからずも呼び出してしまった存在。彼は「青行灯」と名乗り、取引を持ちかけてきた。

いつだって千歳が望み、呼んだときにそばにいること。同時に、怪異たちからするととてもおいしそうな精気を垂れ流しにしている千歳を守ること。その対価として命に影響のない範囲で毎日千歳の精気を譲渡《じょうと》すること。

千歳が望んだ時にそばにいる、という項目はいまいちないがしろにされている気がするが、勝手にどこかへ行ってしまったりしなければ、まあ許容範囲内だ。

人間としての「青原灯」は、彼が千歳のそばにいるための仮初《かりそめ》の姿に過ぎない。

「必要なら呼ぶよ」

だからこちらのことを勝手にのぞき見るのはやめて、と言外にほのめかすと、彼はふんと馬鹿にしたように鼻を鳴らした。

「その言葉が信じられればここにはいない」

横目に互いをにらみ合っていると、先を行っていた千影が振り返った。

「着いたぞ」

何をしているんだお前たちは、と言わんばかりに不可解そうな顔をされたが、ぱっと雰囲気を一変させた灯がわざとらしく目を見開いてはしゃいだ声を上げた。

「わあー、大きな家だねぇ」

ちーちゃんたちの家と同じくらいあるんじゃない？　と示された家は、確かに立派な門構えの日本家屋だった。古くからある真魚寺の家と似た雰囲気もある。

「坂田《さかた》家はこのあたりの地主として栄えた、いわゆる地元の名士というやつだ」

千影はそれだけ言うと、大きな扉が閉ざされた門の脇、人が一人通れるサイズの通用口の柱についていたインターフォンを鳴らした。すぐに応答があり、千影が名乗ると足音が近づいてきて通用口の戸が開く。

「ご連絡いただければ、駅までお迎えに参りましたのに」

そう口にしたのはまだそれほど年を重ねているようには見えない――おそらく三十代――の男性だった。

どうぞ、と促され、千影を先頭に中へ招き入れられる。

「こちらの不手際のせいで再々の来訪となりまして大変申し訳ありません」

おそらく依頼人である男性に、千影が頭を下げる。

「いえいえ。しっかり対応していただければ、こちらとしては何も言うことはありませんから」

人のよさそうな男性はそう口にして気弱そうに眉《まゆ》を下げる。

「母が急逝《きゅうせい》してしまい、これまでのしきたりがわかる人間が誰もいなくなってしまいましたし、相続の件で少し我が家もごたついておりまして――これまでどおりあれを飼うのは難しいので」

そこまで話し、はっとしたように彼は苦笑した。

「ああ、そう思えばまだ名乗っていませんでしたね」

ぺこりと頭を下げ、名前を告げる。

「私は、いちおう現在坂田家の当主ということになっております幸生《ゆきお》と申します」

それに対して千影も自分たちの紹介を口にする。

それをそれとなく聞いていた千歳は、視線を感じてふと顔を上げた。と、少し離れた場所――母屋《おもや》の陰――からこちらをのぞいている顔と目が合った。お互いびっくりして一瞬固まったものの、すぐに相手のほうが見えない場所へと引っ込んでしまう。

ずいぶんと幼い、おそらく女の子の顔に見えた。

「ああ、たぶん娘の美緒《みお》です」

千歳の視線に気づいた幸生が、ろくにご挨拶《あいさつ》もせずすみません、と頭をかく。

「それほど人見知りをする子ではないんですけれど、あの子をかわいがっていた祖母がいなくなってしまったので最近は少し気難しくなっていて」

彼の言葉が終わるのを待って、千歳は兄に声をかけた。

「私、あっち行ってくる」

「は。千歳？」

突然なんだ、と眉をひそめた千影にかまわず、人影の消えたほうへ走り出す。

「ちょっと、ちーちゃん？」

背後からあわてたような灯の声も聞こえたが、まあ別にいいだろう。兄もついてくればいい、と言っていたのだから、義理はすでに果たした。

母屋の角を曲がってみたが、そこにはすでに誰もいない。

「さて、どこかな」

んー、と首をかしげつつ進んでいく。家の中に入ってしまったのならどうしようもないが、とあたりを見回す。

家の北側なのか、あまり日当たりのよくないそこは、母屋の裏手にあたるらしい。先ほど通った通用口と同じくらいの戸口が奥の塀《へい》に見えるし、母屋の勝手口らしきものもある。水回りがこの辺りに集中しているのか、母屋の壁面に日本家屋らしい開放的な雰囲気《ふんいき》はない。一階にあるのはいくつかの明かり取りらしき窓だけだが、二階には大きなガラス窓が見て取れた。そのほかに目に入るものといえば、ぽつんと置かれた物置くらいだ。

がたん、と唐突《とうとつ》に響いた物音に、千歳はびくりと身体《からだ》をはねさせた。音の出どころは物置の中とみえる。

よその家の物置を開けるなど、どう考えてもまずい行為だが、もし見とがめられたら兄に弁明してもらおうと決めて物置の戸の前に立つ。

つい最近、少なくとも設置してから三年も経っていなさそうなアイボリーカラーの物置は、金属とプラスチック製のありふれたつくりだが、何もかも年季の入った坂田家にあっては逆に浮いて見える。

スライド式の戸に手をかけると、千歳は思い切りよく引き開けた。戸はつっかかることもなく、あまりにもあっけなく開く。

「きゃあっ」

高い声の悲鳴の直後、暗闇の中から何かが飛び出してきて千歳の顔に張り付いた。

やわらかい毛皮のようなものに顔面をなでられる。その感触に、どうしてだか懐かしい気持ちが込み上げてきたが、視界を奪われたままでは正体を確認することもできない。腕を伸ばして反射的に振り払うと、それはそのまま母屋のほうへ駆け去った。

「うええ？」

「あっ、だめだよ、チビ！」

先ほどの悲鳴と同じ声がそう叫んだが、それは止まらなかった。比喩《ひゆ》でもなんでもなく、瞬く間に姿が消えてしまう。

一瞬見えたその姿は少し大きめのネズミくらいで、体色は茶色く、ふわふわしていた。

尻尾《しっぽ》も、あったような気もするが定かではない。

とてつもなく足が速いんだなぁ、と感心していた千歳だったが、怒鳴りつけられ視線を動かした。

「もうっ、チビが逃げちゃったじゃない！」

目の前に立っていたのは、先ほど目にした女の子だ。

おそらく、年齢は六歳前後。黒い髪を二つ結びにして、赤系チェックのワンピースを身にまとっている。大きな目と濃いめの眉が目立つ、意志の強そうな顔立ちだ。あまり幸生には似ていなかった。

「美緒ちゃん、だよね」

声をかけると、いまだ肩を怒らせながらも彼女はこちらをまじまじと見つめてきた。

「……あなた、だれ？」

「ん？　私は千歳。美緒ちゃんのお父さんに呼ばれた兄にくっついてきたんだよ」

こう説明してみると思い切り部外者だな、と思ったのだが、美緒のほうは違う受け取り方をしたらしい。再び般若《はんにゃ》のような顔つきになって、らんらんと光る目でこちらをにらみつけてきた。

「じゃああなた、チビのことつかまえにきた人ってこと？」

親の仇《かたき》でも見るかのような目をしている美緒を見下ろしながら、千歳は首をかしげた。

「んー、違う、かな。つかまえにきたのは私のお兄ちゃんで、私はただついてきただけだから」

　正確にはついてきてほしい、と頼まれたのだが、兄の目的がいまいちわからない。兄妹仲良くお出かけしたかった、という雰囲気でもない。

　自分でもわかっていないことは説明できないので省略する。

「……ふぅん」

　いまだ疑わし気な目をしていた美緒だったが、すぐにはっと目を見開く。

「チビのこと追いかけなくちゃ」

「チビ、ってさっきの茶色くてふわふわしてた子？」

　そう訊ねると、美緒は初めて無防備な驚きの表情を浮かべた。

「あなた、チビのこと、見えてたの？」

　そう思えばチビのこと顔からどけてた、とつぶやいている彼女に、そう思えばゲドは普通家人にしか見えないのだったな、と思い出す。

「前にうちに来た人たちは、チビたちをなんだかよくわからない四角い場所に誘い込んで、そこに入った子のことしか見えてないみたいだったのに」

　真魚寺の中でも「目の良し悪《あ》し」には差があるし、モノ自体にも見えやすいものと見えにくいものがいる。前回来た真魚寺の者にはゲドが見えなかったため、可視化するための陣を張ったのだろう。

幸か不幸か、千歳と千影の目はとてもいい。兄も陣なしでゲドが見つけられるはずだ。

「ねえ」

美緒が探るような目でこちらを見つめていた。

「もしあなたが本当にチビのことをつかまえに来たわけじゃないっていうなら、チビのことを探すの手伝ってよ」

言葉は強気だが、身体の両脇で握りしめられたちいさなこぶしは震えている。

「私、あの子のこと、守らなくっちゃいけないの」

それでも目の輝きは力強い。彼女の中に譲《ゆず》れない何かが燃え盛っているみたいだった。

三　乙女、少女にほだされるのこと

「チビたちは、ずっとずっと昔から、死んじゃったおじいちゃんのおじいちゃんが子どもの頃より昔から、うちにいたんだって」

勝手口から母屋に入った千歳と美緒はほかの家人の気配を避けながら部屋をのぞいていった。当主を失った家はどこかがらんとしていて、人気《ひとけ》も希薄で空虚だ。

少し相続でもめている、と幸生は言っていたが、そのごたごたはまだ幼い美緒のいるこの家には持ち込まないようにされているのかもしれない。家の中にはそういった騒がしさやとげとげしい空気はなく、そのせいか逆に物寂しい空気が際立《きわだ》つ。

「おばあちゃんはうちにお嫁に来て初めてチビたちを見たって言ってた。最初はびっくりしたけど、ここにはチビたちがいるのが当たり前なんだな、って暮らしてるうちに思うようになったって」

チビことゲドは物陰に潜むとのことだったので、家具の隙間《すきま》や押し入れの中も確認しつつ、ぽつりぽつりと美緒は語る。

「チビたちは、私たちのあげるごはんで生きる代わりに、私たちのうちのお手伝いをしてくれる。そういう生き物なんだって」

彼女をかわいがっていたという祖母の言葉なのだろうが、口にしながら美緒は首をかしげた。

「おばあちゃんはそう言ってたけど、チビたちが何をしてくれてるのか、私にはよくわかんない。私たち家族にしか見えないなんて、変な生き物だし」

幼い少女の飾ることない本音に千歳はついふき出した。

でもね、と千歳のほうを一瞥《いちべつ》した美緒は初めて見せる柔らかい表情を浮かべていた。

「私にとってはずっとずっといっしょにいたものなの」

かつては家の物陰や視界の端にかならず一匹はいたであろうゲドたちを思い出すように、少女はさびしげに目を細める。

「チビは、その中でも特別。いっつもいっしょだった。きっと私がここを出てもいっしょだし、誰かと結婚してもいっしょ」

ゲドはその家の娘が嫁に出るといっしょについていき、嫁《とつ》いだ先の家にも憑《つ》く。そうやって増えていくのだ。

かつてはそれを嫌がられ、憑き物筋との結婚は忌避《きひ》されたものだが、今はそんなことを大真面目《おおまじめ》に論じる家のほうが少ないだろう。

信じないものに怪異は見えにくい。もしかしたら、美緒が大きくなって結婚する相手には美緒についてきたゲドが見えないかもしれない。それでも、美緒が信じている限りゲドは一生彼女といっしょだ。

しかし、それは、ここでチビが千影に狩られなければ、という可能性の話だ。あまりにも低い可能性の話。

きっと彼女の願いはかなわない。彼女ひとりでは、どうすることもできない。

きっと、うすうす美緒自身も気づいている。それでも、彼女はあきらめきれずにあがくのだ。

「いっしょにいるって、私たちは遠い昔に約束したんだって」

そうおばあちゃんが言ってたの。

つぶやき、ちいさく肩を震わせる姿がいたましく、千歳は自分の胸がきしむのを感じた。

「だから、たとえお父さんがチビたちのことをもういらないって言ったんだとしても、私はチビのことを守るの」

だって、と振り返った美緒は泣きそうな顔をしていた。

「約束は守らなくっちゃ」

こぼれそうになった涙を隠すようにぱっと顔を伏せると、美緒は「隣の部屋見てくる」と鼻声でつぶやいて部屋を飛び出していった。

千歳は彼女の背中を見送り、壁に寄りかかる。唇から、知らぬ間にため息がこぼれた。

「なるほどねぇ」

おおむねの事情はわかったものの、と考えこもうとしたところで、あきれたような声をかけられた。

「何がなるほどなの、ちーちゃん？」

顔を上げてみると、たった今美緒が出ていった戸口に腕組みをした灯が寄りかかっていた。こちらを眺める顔には笑みが浮かんでいるが、どうにも不機嫌そうだ。

「結局首突っ込んだんじゃない」

もう、とため息まじりにこぼして、目をすがめてこちらを見る。

「だから目が離せないんだよ」

疲れたようにつぶやきながら、後ろ手に戸口の襖《ふすま》を閉めてこちらへと近寄ってくる。

ぶわり、と彼の全身を青い炎が包み込んだ。

猫背《ねこぜ》だった背筋がピンと伸び、眠たげだった目が開いて青く光る。額のてっぺんに象牙《ぞうげ》色のちいさな角《つの》が現れ、全身を青い燐光《りんこう》が取り囲む。

いつもの灯とはあからさまに雰囲気《ふんいき》が違うが、見間違うこともない、彼の怪異としての本性。

不機嫌そうだ、どころではなかった。人間としての仮初《かりそめ》の姿を取り繕《つくろ》うつもりもなくなるくらいに不機嫌らしい。

黒縁眼鏡《くろぶちめがね》をはずして指先でもてあそびながら、青行灯は低い声で確認してきた。

「あの娘がゲドのことかくまっていたということか。名前まで付けて」

千歳はうなずいてその問いを肯定する。

「ねえ、青行灯――」

「やめておけ」

続いて切り出そうとした話は、内容を告げる前にぴしゃりとはねのけられた。

「まだ何も――」

言ってない、と抗議しようとしたのに、鋭い視線でにらみつけられる。

「どうせ、あのゲドをこのままこの家に置いておく方法はないかとでも言うのだろう」

ぴたりと言い当てられ、千歳はむくれた。

「そうだけど」

青行灯はいつからさとりになったの、とぼやくと、彼は片眉《かたまゆ》を上げて見せた。

「言わんとしていることくらい、わかる」

お前は単純だからな、と言い捨てた青行灯は、険しい表情を浮かべてこちらを見つめた。

「千影は馬鹿みたいにまっすぐだが、無能じゃない。すぐにあのゲドを見つけるだろうし、お前のように私情に惑わされることもなく消し去るだろう」

それは千歳にだってわかっている。

兄は真魚寺の惣領《そうりょう》として、今回の不始末にきっちり片を付ける。でも、それは依頼された内容に対してだけだ。

「お兄ちゃんが依頼されたのは、この家に憑いているゲドを始末することでしょう？　だから、もし、ゲドが家じゃなくて美緒ちゃんに――」

「だから、それはやめておけと言っている」

もし、ゲドを家ではなく美緒個人に憑けることができたなら、兄は美緒が「チビ」と呼ぶゲドに手出しはできなくなるはずだ。その方法を青行灯が知っているようなら教えてほしい。

そう問おうとしたのに、そんな千歳の考えすら予想していたらしい青行灯は、少しいらだったように眉間《みけん》にしわを寄せた。

「そんなことをしても、ろくなことにはならない」

取り付く島もない態度に、千歳もかっと頭に血が上る。

それに――。

「それを、お前が言うの？」

自分だって、真魚寺の家ではなく千歳個人と契約を交わし、精気をかすめとっているくせに。

頭のどこかで、それは言いすぎだと警告を発する自分がいたが、止まれなかった。

だって、美緒はあんなにも必死なのだ。大好きだった祖母はいなくなったもののずっと絶対そばにいてくれる存在はいるのだと信じようと、それを約束だと言った祖母の言葉を守ろうと、ちいさな身体《からだ》でがんばっているのに。

その姿は、まるで――。

「私とあれは違う」

すっと声から温度を落とし、青行灯は顔から表情を消した。

「私は、お前との契約に基づいて精気をもらい受けているんだ。正当な対価として」

「ゲドにだって、この家との契約があるじゃない」

反論した千歳を馬鹿にするように青行灯は鼻を鳴らす。

「そんなもの、家人があいつらを始末しようとした時点で反故《ほご》になっている」

彼が言っていることは、いちいち正論だった。それが余計に千歳をいらだたせる。

「でも、美緒ちゃんはまだ契約を、約束を守ろうとしてる。あの子は、ゲドを必要としてる」

新しく契約を結べば、まったくいっしょとはいかないかもしれないが、これまでと同じような関係を続けることができるかもしれない。

そう言いつのった千歳を、青行灯は冷ややかに見つめた。

「今のあれは、ただのけだものだ」

ろくな契約など望めぬよ、と切り捨てる。

青行灯の青い炎のように輝く目は、時にこちらを焼き尽くすような熱を宿すのに、今は逆に骨の髄《ずい》まで凍りつかせるみたいだ。

触れれば、そのまま氷の刃で切り裂かれてしまいそう。

彼と出会って十三年。それなのに、まだ千歳は彼を理解できていない。深いところまで踏み込めない。

悔《くや》しさに唇を噛《か》み締めながらも反撃できずにいる千歳に、青行灯はさらに言葉を重ねた。

「あの娘と自分を重ね合わせるな」

久々に虎の尾を踏んだらしく、言葉に容赦《ようしゃ》がない。

図星をつかれ、千歳はぎりりと歯を食いしばった。

確かに千歳は美緒にかつての自分の姿を見ていた。

大好きだった祖母を失い、初めての大きな喪失《そうしつ》に立ち尽くしている。

でも、千歳には青行灯がいた。たとえ契約を結んだからだとはいえ、あの時、彼がそばにいてくれたことが、ひとりきりではないと、この先もずっとそばにいると誓ってくれた相手がいたことが、どれだけ救いになったかわからない。

美緒にも、そういった相手が――たとえ人間の形をとれない怪異だったとしても――いれば、どれだけ心強いことか。

それなのに、千歳を救った当人が、千歳の考えを否定する。

「なんでそんなこと言うの」

どうして千歳はよくて、美緒はだめなのだ。同じ救いを求めてはいけないのか。

青行灯は、千歳に手を差し出したではないか。

「あの娘はお前とは違うからだ」

どうしてわかりきったことを説明しなくてはならないのか、と青行灯の表情は語っていた。

「ただの娘がひとりで私たちを養うことなどできない」

まるで聞き分けのない幼子に言い聞かすように、彼はゆっくりと言葉を紡《つむ》ぐ。

「そして、飢えたけだものがとる行動はひとつだ」

青い目は、揺らがない。

「あの娘、このままだと食らいつくされるぞ」

憐《あわ》れむでもなく、おもしろがるでもなく、ただ事実を述べただけ、といった調子だった。

美緒のことに、彼は本当に興味がないのだとわかってしまう。

かっとなって、反射的に千歳は手を振り上げた。それでも、一切避けるそぶりも見せない青行灯の揺らがぬ目を見つめ、結局腕を下ろす。

何を口にしようと、平手を喰らわせようと、彼を変えることはできない。

目の前にいるのは怪異だ。そういう存在だ。わかっていたのに頭に血が上ったのは、千歳が頭のどこかで彼に「それ以上」を求めていたからだ。

彼はやさしいのだと、感じてしまっていたから。

その「やさしさ」は千歳の知る形と同じだと信じてしまったから。

勘違いしたのは、自分。

落ち着け、と己に言い聞かせて、深呼吸する。

「どこへ行く」

青行灯の脇をすり抜けて部屋を出ようとしたのだが、がっしりと腕をつかまれた。

「美緒ちゃんが危険なら、行かなくちゃ」

そう告げると、思いきり舌打ちをされる。

「危険だとわかっていて私がお前を行かせるとでも？」

眉間にしわを寄せ、いらだちをあらわにしている。今さっきまでの無関心顔はどこへ行ったのか。

「私は千歳を守る。お前の意思など関係ない。それが契約だ」

契約。千歳が五歳の時に交わしたそれが、千歳と青行灯の関係のすべて。

青行灯にとって、何にも優先されるもの。

「……そうだね、それが契約だ」

ちりりと焦げつくように胸の端が痛んだ気がしたが、千歳はそれを押し殺して唇をつり上げた。

「確かに私はお前と契約を交わしたよ、青行灯」

馬鹿な自分は、さっきみたいに簡単に勘違いしてしまう。でも、青行灯も勘違いしている。

「だけど、私の行動を制限する権利まで与えた覚えはない」

青行灯は千歳の精気をもらい受ける対価として、千歳を守る義務がある。しかし、守るために千歳を縛《しば》りつける権利は与えていないのだ。

「離して」

くいっと引くと、腕をつかんでいた青行灯の指はあっけないくらい簡単にほどけた。

そのまま、千歳は部屋を出た。

青行灯の顔は、見なかった。

四　乙女、少女に謝罪するのこと

隣の部屋に行く、と言ったはずなのに、美緒の姿はそこにはなかった。どこへ行ってしまったのか、ときょろきょろしつつ廊下《ろうか》を進んでいると、背後から声をかけられた。

「こんなところにいたのか」

振り返るまでもなく、声の主が兄であることはわかる。

「美緒ちゃんのこと見なかった？」

そちらへ視線をやることもせず問いかける。その間にも全身の感覚を研《と》ぎ澄まして何か異常な物音や気配がしないかと探る。

青行灯は確かに美緒に関心を持っていなかったが、必要のない嘘をつくような真似《まね》もしない。

つまり、ゲドが美緒に危害をあたえるというのは本当。

どうして、とわめきたい。美緒はたった一匹残ったゲドを——チビを守ろうとしていた。

それなのに、なぜ。

「何があった？」

張り詰めた千歳の様子に気づいたのか、横に並んだ千影が顔をのぞき込んでくる。

少しだけためらってから、素直に白状する。今は何よりも美緒の安全を優先しなくてはならない。

「美緒ちゃんがゲドをかくまってた。それが逃げ出したからいっしょに探してたんだけど、少し離れたすきに美緒ちゃんがいなくなった」

簡潔に説明した内容に、千影は表情を険しくした。

「それはまずいな」

つぶやくと、彼はぴゅい、と短く指笛を鳴らした。それだけで、視界の端を黒い影が駆け抜けていく。

千歳の目には、ちらりと白い尾だけが見えた。父から契約を引き継いだというそれは、千影の使役《しえき》している怪異で、働きに応じて対価を要求するという。兄がそれの姿を千歳に見せることはめったにないし、そもそも兄自身あまり頼ることをよしとしていないようだが、こういったときには頼りになる。もともと家人以外には姿が見えにくく、さらに隠れているゲドとは違って、ただの人間である美緒ならばすぐに見つけるだろう。

案《あん》の定《じょう》、ほんの数秒ののちに、再び黒い影が兄の足元に戻ってきて消えた。

「二階だ」

つぶやいた千影が階段へと足を向ける。

家の広さに反して暗く狭い階段は、折れ曲がって二階へ向かう。

「ゲドは、七十五匹でひとつの怪異として成立する」

その暗い空間へ足を踏み入れながら、千影がぽつりとつぶやいた。

それは千歳も知っている。何をいまさら、と首をかしげたが、彼の言葉には続きがあった。

「討《う》ちもらして、たった一匹残ってしまった、という状態は、異常なんだ」

娘が生まれれば一群れ——七十五匹が増えると言われているが、逆に七十五匹から減ることは絶対にない。

「やつらは普通の生き物とは違う。時間はかかるかもしれないが、一匹からでもまた増えることはできるだろう」

そうなればまだよかった、と吐息まじりの嘆《なげ》きをこぼす。分家が報告に来ていた時にも、確か兄は同じようなことをつぶやいていた。

「だが、一匹残ったゲドが増えている気配はない。やつはいまだにこの家で一匹だけなんだ」

苦い口ぶりから、それが決して良いことではないと伝わってくる。

「ありようを外れたそれは、何を起こすかわからない。最悪、ゲドとは呼べない、別の何かに変わってしまう」

階段を登り切った兄が固い声で告げた。

「その前にしとめなくては」

もう千影は決めてしまっているのだ。ゲドを――チビを殺すのだと。それがこの家にとって最良の方法なのだと。

千歳の中には、まだためらいがある。殺さなくてもどうにかできるのであれば、たとえチビがゲドという枠《わく》をはみ出してしまうのだとしても、美緒のそばにいさせてやりたい。

それは、いけないことなのだろうか。

押し殺したため息をこぼした千歳だったが、耳がとらえた声に意識を奪われた。

「チビ！」

美緒のうれしそうに弾んだ声だ。

兄と顔を見合わせ、すぐにそばの部屋へと踏み込む。

その部屋は他の部屋同様和室だった。物置のあった家の裏手に面している部屋だ。外からも見えていた大きなガラス窓からうっすら光が差し込んできているが、それでも明るいとは呼べない、どこか陰気な雰囲気《ふんいき》が漂っている。

室内に物はほとんどなく、掛《か》け軸《じく》のかかった床《とこ》の間《ま》と違《ちが》い棚《だな》、押し入れくらいしか見当たらない。

そんながらんとした部屋の中央に美緒は立っていた。廊下に面した襖《ふすま》をくぐって現れた千歳たちを見てきょとんとした顔をしている。そしてそんな彼女の向こう、床の間の前に毛玉がうずくまっている。

体軀《たいく》は猫よりも一回りほど小さく、イタチのように細長く、全身をこげ茶と赤茶のまだらでやわらかそうな毛におおわれている。ふさふさとした尾が生えているが、耳は見当たらない。顔も長い毛に埋もれていたが、金色に輝く目とひくひくと動く黒い鼻は見て取れた。

初めてまともに見るゲドは、当たり前だが普通の動物の何にも似ていなかった。

「それが、チビ?」

千歳の問いかけに、美緒がうれしそうにうなずく。

「そうだよ。かわいいでしょ」

確かに目はつぶらで、かわいいと呼べなくもない見た目だが、千歳は自分の顔がひきつるのを感じた。

全体的な雰囲気は何も変わっていないが、物置で一瞬見かけたときよりチビは大きくなっている。

それがどうにも不吉に感じられた。

「それから離れて」

顔を険しくさせた千影が美緒に警告を発する。だが、美緒は美緒で千影の顔を見ると思い切り顔をゆがめた。

「あなた、チビのことつかまえに来た人でしょう?」

離れて、という警告に反して、美緒はチビに近づくと、かばうように両手を広げた。

「だめ。チビのことは私が守る」

ちらり、と千歳のことを一瞥《いちべつ》すると、眉《まゆ》をつり上げる。

「やっぱりそっちの味方だったんじゃない」

怒りと一抹《いちまつ》のさびしさが混ざり合った彼女の目ににらみつけられ、千歳は眉を下げる。

違う、とは言えなかった。

少なくとも今のチビをこのまま美緒のそばに置いておくわけにはいかないと思っている。

「いいから、それから――」

離れるんだ、とじれた千影が言いつのる間に、今まで丸くなっていたチビが動いた。

立ち上がったそれが、ふわりと伸びをする。そのとたん、身体《からだ》が見る見るうちに膨らみ始めた。

こちらをにらみつけている美緒の背後で、猫より小さかったはずの身体が犬のような大きさになり、それがまた膨らんで豹《ひょう》のような大きさになる。

まるで悪い夢の中にいるような、現実感の薄い光景だった。

くそ、と舌打ちした千影が指笛を鳴らそうとするも、やはりゲドの動きは速かった。

自分に背を向けていた美緒に向かって飛びかかる。

そんな方向から力がかかるなど思いもしていなかった美緒があっけなく畳《たたみ》へとうつぶせに倒れると、ゲドはその背中に乗り上げた。

「え?」

もがきつつ何とか頭だけを動かして背後を振り仰《あお》いだ美緒は、自分にのしかかっている存在に目を見開いた。

「ち、び?」

それはもう、彼女の知っていたチビではない。

彼女の肩や背中を押さえつける手には鋭い爪が生えて服を切り裂き、太い手足に生える毛はふわふわとは呼べない剛毛だ。目は凶暴にらんらんと輝き、ぱかりと開いた口には鋭いギザギザの歯が鮫《さめ》のように幾重にも並んでいる。

ぱたり、とその口から滴《したた》って自分の頬《ほお》を濡らしたよだれの感触に、美緒は声にならない悲鳴を上げた。

「お兄ちゃんっ」

千歳は隣に立つ千影に救いを求めて視線をやったが、彼も美緒とチビの距離があれだけ近いと打つ手が限られるのだろう。焦ったように瞬きを繰り返している。

青行灯はチビのことを「飢えたけだもの」と呼んだ。

ゲドは七十五匹で一群れ。七十五匹で家から与えられる食事――および家人から分け与えられてそこに宿った精気――を分配する。一匹一匹が己の取り分に不満を抱くこともなく、ただ決められた量を受けとるだけ。

それが彼らの当たり前だからだ。

だけれど、チビは一匹になってしまった。家との契約は破棄され、美緒だけがチビを養った。そうして覚えたのは、充足感か、飢餓《きが》感か。どちらだったにしても、片方を知れば対《つい》になるもう片方もついてくる。

飢えれば満たされたいと願い、満たされれば飢えたくないと願う。

もっと、もっとと求めれば、満たされるための天井は上がるばかりだ。

その結果、チビは美緒をむさぼり喰らおうとしている。

青行灯の言葉の正しさを、いまさらながらに思い知る。

「やめて！」

せめて、一瞬だけでも気をそらせれば。その隙《すき》に兄が美緒を助けてくれれば。

そんな思いであげた千歳の叫び声に、獲物の首筋にかじりつこうとしていたチビの動きが止まった。ぐるると喉《のど》を鳴らし、金色の目がうかがうようにこちらを見る。

ひくひくと何かを確かめるように空気のにおいを嗅《か》ぎ、真っ赤な舌がべろりと舌なめずりする。

何度か足踏みをすると、チビは身体を低くして力をため、下敷きにしている美緒のことなど思いやりもしない荒々しい動きで飛び上がった。

と、思った次の瞬間には千歳のすぐ目の前で大口を開けている。どうしてだかチビは標的をこちらに変更したらしい。

やはり動きが速すぎる。

絶望に青ざめた兄の顔が見える。

自力で護身の術を張るには時間がない。

ならば、と自分の守護者の名を呼ぼうとしたところで、先ほど彼と交わしたやりとりが脳裏《のうり》をよぎった。

彼は千歳が行くのを止めたのだ。それなのにここにいて、危険に身をさらしているのは自分で。

そもそも怪異の姿をあらわにした彼を兄の目にさらすわけにもいかなくて。

高速で思考だけがぐるぐると回る。これが走馬灯《そうまとう》というやつなのかな、などと余計なことまで考えている間に、生温かいチビの息が顔にかかった。

ねばつく唾液《だえき》と、噛《か》みつかれたらすりつぶされてしまいそうな鋭い歯の並びを直視できず、目をつぶる。

ごめんなさい。と誰にともなく謝る。

眼裏《まなうら》に、ふわり、と青くあたたかな光を見た気がした。

あかり。

祖母の死があまりに悲しくて、つらくて、どうしても受け入れられなくて、でもそんな千歳を照らしてくれた青い灯。

彼と初めて出会った時に見たその光があまりに美しかったから、千歳は「人間としての名を」と求めてきた相手にそう名づけた。

千歳が死んだら、契約はおしまいだ。

彼はまた百物語を行うような馬鹿が現れるまで、どことも知れない場所でまどろむのだろう。

「まだ――」

消えないで。

この世から消えるのは自分のはずなのに、どうしてだかそう口走っていた。

ばちんっ、と何かがはじかれるような音がして、千歳は我に返った。

痛くない。

生きている？

「ぎゃんっ」

動物の悲鳴のようなものが聞こえてきたので目を開くと、なぜだかチビが自分から少し離れたところで伸びている。

何事かと兄を見れば、まだ顔は青ざめたままだったが、あからさまにほっとした表情を浮かべて美緒に駆け寄っているし、彼が何かしてくれたわけではなさそうだ。もちろん千歳は何もしていない。

と、いうことは――。

その場に座り込んでしまいたかったが、震える膝を励《はげ》ましてぴくりとも動かないチビへ歩み寄る。

とがめるような兄の視線にかまわず腹に触れれば、わずかに上下していた。まだ、死んではいない。

先ほどまでの千歳はためらっていた。でも、今の千歳にためらいはない。

自分が殺されかけたからではなく、もうこれはどうしようもないことなのだと納得できたから。

「ごめんね、美緒ちゃん」

千歳は兄の腕の中で声もなくガタガタと震えている少女に呼びかけた。揺れる瞳はどこもとらえておらず、こちらの呼びかけが聞こえているかも定かではない。

当たり前だ。彼女はゲド飼いの家に生まれたが、怪異一般と関わって生きてきたわけではない。あんなものに襲われたこともないのだから。

彼女が理解していなかったのは仕方のないこと。でも、彼女よりずっと怪異と近しくしてきた千歳は見誤ってはいけなかった。

人間と彼らはあまりに違っている。その違いがぶつかったとき、そこに妥協《だきょう》はありえない。

唇を強く引き結び、己の未熟さに恥じ入る。

共に、と願うのは簡単だけれど、そのためにはそれ相応の対価が必要だ。

「一匹になってしまったから、チビはチビでいられなくなったんだって」

だから、とつぶやく。

「さよなら、だよ」

今のチビが望んでいるのは腹を満たすだけの精気で、美緒にはそれが支払えない。支払えなければ、チビは今のように人間を肉体ごと喰らおうとするだろう。

「千歳」

呼びかけてきた兄を見返す。

どこかこちらを気遣うような目をした彼は、始末は自分がつけると申し出てくれているのだろうけれど、確かにそれが兄の受けた依頼ではあるのだけれど、千歳はゆっくりと首を横に振った。

兄に任せようと、自分でやろうと、結果はいっしょだ。

千歳は、美緒からチビを奪う。

美緒とずっといっしょに存在するはずだった怪異の最後のかけらを消滅させる。

その選択を、容認する。

「……ごめんね」

もう一度繰り返す。

千歳は人間が一方的な理由で怪異を消滅させたり封印したりすることを嫌うけれど、別に怪異の味方であるわけでもない。

千歳はただ、自分が納得できるようにするだけだ。

何かを察知したのか、チビが薄く目を開け、首だけでも持ち上げようと身じろぎした。

しかし、それすらもできず恨めし気にうなる。

彼らからすれば、勝手なのは人間のほうだろう。千歳だってそう思う。

勝手に家に縛《しば》りつけ、いらなくなったからと勝手に殺す。それでも、変質してしまった関係はどちらかを滅ぼさねば終わらないというなら、千歳は自分が守りたいほうを守る。

千歳はそっとチビの頭の上に手を置く。

その毛並みの感触は、やはり遠く深いところにある記憶を刺激した。

幼い日。道端にうずくまっていた、ちいさな毛玉。抱き上げたふわふわのそれは、へたくそに「にぃやぁ」と鳴いた。

だから、幼い千歳はそれが「ねこ」だと思ったのだけれど――。

「ああ、そっか……」

手のひらに伝わってくるチビの体温は普通の生き物みたいに温かく感じるし、見える千歳にとって彼らは当たり前みたいにそこにいる。

「そっかぁ」

傲慢《ごうまん》だと恨まれてもかまわない。

許されたいとも願わない。

千歳は真魚寺の裔《すえ》。

真魚寺の仕事をしないことを自分で選んだため力の行使には不慣れだけれど、自分の身を守り――同時に相手を滅ぼす力を持って生まれた。

目を閉じてチビの中にある「結び目」を探り、そっと力を込める。

やり方は人それぞれだと父は言っていたけれど、千歳は祖母から教わった方法を使い続けている。

『あの子たちをこの世に結びつけている緒をほどくの』

祖母は、このやり方をそう言っていた。

するり、と「結び目」がほどける。同時に、何かがチビの中から抜けていくのを感じる。

まぶたを開くと、目の前の獣の腹はもう上下していなかった。

五　乙女、かつての真相を知るのこと

しばらくして落ち着き、事態を呑《の》み込んだ美緒はわんわんと泣きわめいた。その泣き方は恐怖のため、だけではなく、喪失感《そうしつ》もいっしょくたにしているみたいだった。

それでも、彼女は千歳や千影に「どうして」とは問わなかったし、当たり散らしたりもしなかった。

そんな様子に、余計心苦しくなる。

失ったものを惜しみ、不条理を嘆《なげ》き、大切なものを奪った相手を恨むことくらい、誰も責めはしないだろうに。

美緒の泣き声を聞きつけて駆けつけてきた幸生は、娘の姿――何か大きな獣の爪でつけられたような背中のかぎ裂きとその下にうっすら血がにじむ姿――に顔色を失った。

「何が、あったんですか！」

もつれるような足取りで美緒に走り寄ると、ぎゅっと彼女のちいさな身体《からだ》を抱きしめた。

「なんで、美緒がこんな……」

どうして、と声を震わせた幸生に、千影は淡々と起こったことを説明していく。

美緒が一匹残ったゲドをかくまっていたこと。

その残ったゲドが、ゲドとしてのありさまを外れて変異してしまったこと。

変異したゲドが腹を空かせて美緒を襲ったこと。

そのゲドは、すでに死体となってそこに横たわっていること。

事実としては、ただそれだけだ。

「いつか、こんなことが起こるような気がしていました」

千影の話をすべて聞き終えた幸生はいまだぐずぐずと泣き続ける美緒の頭をそっとなでながらつぶやく。

「母や美緒は、あいつらをとても近しく感じているみたいでしたけど、私は――俺は、生まれてからずっと同じ家で過ごしていても、あいつらのことが不気味で、恐ろしくて、見ないふりをしていました」

ちらりとチビの死体に視線を向け、すぐにそらしてうつむく。

「あいつらは俺たちとは違う。近づきすぎたら、きっと何か悪いことが起こる。そんな予感がして……」

きっと、幸生の直感は正しかった。

あり方の違う人間と怪異が近づきすぎれば、そこには不協和音が響くことになる。それなのに、近づきすぎてしまった人間はなかなかそれに気づけない。

「……でも、もう終わりなんですよね？」

揺れる幸生の目が、千影を見つめた。

「はい」

短い兄の答えに、幸生の肩から力が抜ける。

「やっと。やっとだ……」

何かを噛み締めるようにつぶやく幸生にも彼なりの思いがあるのだろう。ゲドが当たり前に存在する家、ゲドに親しむ母と娘、なじめない自分、それに、ここにはいない妻――そのしがらみから、彼はやっと解放されたのかもしれない。

その姿は、美緒とはまた違った意味で痛々しかった。

「ゲドの死体は、火をつければ簡単に燃えつきます。裏庭で処理をしてもかまいませんか？」

千影の問いかけに、美緒を抱きしめたままの幸生はうなずいた。

「はい。かまいません。それから――」

続けて絞《しぼ》り出すような声で続ける。

「依頼料は指定通りお支払いしますが……もう、当家には関わらないでください」

その言葉に千影は深々と頭を下げるだけで応えた。

チビの死体を千影と、どこからともなく現れて控えていた灯であの物置前まで運ぶと、千影はカバンから出したライターで火をつけた。それだけで獣の身体は紙が燃えるようにあっけなく炎に包まれる。嫌な臭《にお》いもなく、ただめらめらと炎の舌に舐《な》められていく姿は、やはりそれが普通の生き物ではないのだと感じさせた。

わずかな焦げ臭《くさ》さだけを残してすべてが灰になり、そのかすかな灰すら風にさらわれたのを確認して、千歳たちは坂田家を辞去した。結局、去り際にも美緒と言葉を交わすことはできなかった。交わせたとして、言うべき言葉も見つからない。

依頼に赴《おもむ》いた家でこういった扱いを受けることはよくある。

怪異に困れば人々は真魚寺に頼るが、彼らに理解できないことに平然と対処する真魚寺は彼らの目には怪異と同じようなものに映るらしい。すべてが終わって用済みとなれば、自分たちから呼び招いたにもかかわらず、縁などなかったようにふるまいたがる。まるで、怪異の災《わざわ》いが去ったとしても真魚寺の存在自体が次の災いを運び込むと言わんばかりに。

よくあることだったけれど、今回のことはまったくこちらに非がないわけではないので少しこたえた。

納得ずくでしたこととはいえ気分はよくなかったし、青行灯とは口論をしたきりで気まずいし、灯の姿の彼は彼で何か考え込んでいる風で、兄はそもそも無駄なおしゃべりをするほうではない。

三人で歩いているというのに会話のひとつもないまま家のそばまで戻ってきた。

「遺言《ゆいごん》、だったそうだ」

唐突《とうとつ》に兄が言った。

千影は会話が下手《へた》だ。話の切り出し方がまず下手だ。当たり障《さわ》りのない会話や社交辞令はするする口から出てくるくせに、頭でいろいろ考えて話そうとすると、とたんにへたくそになる。

何が、と問いかけようとして、ひらめいた答えに息を呑む。

このタイミングで言う、ということは、坂田家の案件に関することだろうし、あの家で最近亡くなったのは美緒の祖母だ。

「……そんなの勝手じゃない」

ついなじるような言葉が口をつく。

美緒の話によれば、彼女はゲドたちを坂田家にいるのが当たり前の存在だと言っていたはずだし、チビと美緒はずっといっしょだと伝えていたはずだ。だからこそ、美緒はその言葉を胸にチビを守ろうとしたのに。

そんな彼女がゲドたちとの縁を絶つことを遺言として残したのだとしたら、それはまるで美緒への裏切りではないか。

「自分の死を目前にして、考えが変わることだってあるだろう」

むくれる千歳をなだめるように千影は言葉を重ねた。

「ゲドは家に憑《つ》く。ある種の遺産だ。親から子へと受け継がれていくが、扱いは難しい」

だからな、と兄は目を伏せた。

「残していく子どもや孫に荷が重いと判断したら、処分する決断だってしなくてはならないだろう」

息子である幸生はゲドを忌避《きひ》していて、孫である美緒はまだ幼い。

死んでしまっては何もできない。自分の手が届かなくなってから何か問題が起こるくらいならば、いっそ早めに。

その理屈も、気持ちも、わからないわけではない。でも、それならば美緒にひとことあってもよかったではないか。

どうしても納得できずにいる千歳に、兄は珍しくやわらかな笑みを浮かべた。

「……千草《ちぐさ》さんも、お前が何も背負わないようにとずっと心を配っていたよ」

久しぶりに兄の口から出たその名前に千歳は目を見開いた。

それは、千歳たちの祖母の名だ。

彼は、祖母のことをずっと名前で呼んでいた。それがどうしてだかはわからないが、孫から名前で呼ばれることに違和感がないくらい祖母は病《やまい》でやつれても若々しく美しい人だった。

「お前は昔から、やたらとああいったものに好かれて、引き寄せていたから」

その言葉に、今朝方見た夢を思い出す。

困ったような祖母の顔。

『そうねぇ。家につくものは、厄介《やっかい》だからねぇ』

さびしげで、どこか遠い目。

『……私は、これ以上、あなたたちに面倒を残したくないのよ』

あの時は、否《いな》、今日の朝まで、千歳には祖母の言葉の意味がわからなかった。

今は、わかる。

チビのぬくもりが、思い出させてくれた。

自分が飼おうとしていた「ねこ」は本物の猫ではなく、家に憑くような怪異だったのだろう。千歳が幼い「かわいそう」という感情だけで拾ってきたそれがどういった影響を家に与えるのか、祖母と兄は理解していた。

だから、千歳が泣こうが奪いとって捨てた。

「……ずるい」

そんなことを言われたら、責めることもできない。

きっと美緒の祖母も、千歳の祖母といっしょだったのだろう。

千歳が美緒の命とチビの命を天秤《てんびん》にかけたように、祖母たちは千歳たちと怪異を天秤にかけて千歳たちを選んだ。

自分たちのために天秤にかけられた命があったことすら気づかせないように、口をつぐんだ。

千歳や、美緒は守られていたのだ。

少しも傷つかないように、負い目も感じないように。

祖母たちや、目の前の兄に大切にされてきた。

「ずるいよ……」

もう一度繰り返す。

ありがとう、と言いたいけれど、目隠しをされていたことをなじりたい。

ごめんね、と謝りたくて、同時に守られるしかできなかった幼い自分を呪いたくなる。

もう千歳は祖母にこの気持ちを伝えることもできないし、美緒だっていつかこの事実に気づいたところで祖母はいない。

やっぱり、ずるい。

むっと唇を引き結ぶと、千歳は隣に居た兄の顔をにらみつけた。現在気持ちをぶつけられるのは彼だけだ。

「？」

それなのに、彼はどうして自分がそんな目で見られるのかわからない、と言わんばかりの顔をする。

きっと彼にとって妹である千歳を守るのは当然のことで、それを千歳がどう感じるかなんて考えていないのだ。

はあ、とため息をこぼし、これだけは言っておこうと口を開く。

「あのね、お兄ちゃん。私はそんなに弱くないから」

もう守ってもらうばかりの幼子ではないのだから。

「もう、いいんだからね」

自分の選択が自分を傷つけたとしても、それを引き受けることもできるようになったはずだから、いろんなことを引き受けてくれなくてもいい。

千影はわずかに目を見開き、困ったように笑った。

「そうだな。確かにお前は強くなった」

自分の身も問題なく守れるようだしな、と彼が告げたのは先ほどの坂田家での一件だろうが、実のところあれは千歳の手柄ではない。ちらり、と灯を見たが、彼はまだ考え込んでいるようでこちらの視線には気づかなかった。

視線を兄に戻すと、彼は笑ったまま手を伸ばしてきて千歳の頭を軽くなでた。

「だが、お前がいくら強くなろうが、俺は心配するよ」

きっと千草さんも、と付け加える。

「その言い方がずるいんだってば」

千歳がむくれても、兄の笑みは崩れなかった。


「戻りました」

玄関の引き戸を開いた千影が声をかけると、すぐに奥から足音も立てず百瀬が現れる。

「おかえりなさいませ」

にこにこと迎えてくれる彼女に、千影は家に上がりながら声をかける。

「二人とももう戻ってるのか？」

見れば、玄関には父と母の靴《くつ》が揃《そろ》っている。

「ええ、つい先ほど」

千歳たちとは別件の仕事で出ていた両親が戻っていると聞き、千影はひとつうなずいた。

「報告を済ませてくる」

それだけ言い残して家の奥へ向かった兄と、「あっ、お鍋《なべ》」と慌てふためきながら厨房《ちゆうぼう》に戻っていく百瀬を見送り、千歳は背後を振り返った。

開け放たれた戸の向こう、玄関の中には踏み込まず、ひょろりと細長い姿がどこか所在無さげに立ち尽くしている。

胸で渦巻《うずま》く気まずさを押し殺し、千歳は深呼吸した。

「……さっきは言いすぎた」

ごめんなさい、ともごもご口にしてから、ちらりと彼の顔をうかがう。

「なんのこと？」

すっかり灯としての仮面をかぶった彼は、のほほんと笑いながら首をかしげる。それでも、言っておかねば千歳の気が済まない。

「あと、助けてくれてありがとう」

今回は自分が考えなしだった、と認める。

彼にとって千歳を助けるのが契約ゆえのことだったとしても、千歳はそれに救われた。だから、礼を言う。

ほんのわずかに灯の眉間《みけん》にしわが寄って、それでもすぐにため息といっしょに消え去った。

「呼ぶって言ってくれたのは嘘だったの？」

からかうような、少しだけ意地悪な口調に、千歳はそっぽを向いた。

「……呼ばなくても助けてくれたじゃん」

そういうことしてくれるから勘違いしそうになるんだよ、という言葉は口にしないで呑《の》み込む。

千歳は青行灯に近づきすぎている。

幸生のように、本当ならば絶対に自分が傷つけられない距離を保たなくてはならない。きっと、それが賢いふるまいというものなのだ。でも、千歳は離れない。近すぎる距離感を心地いいと思ってしまっている。

安全じゃなくてもいい。それでもいいから、触れるほど近くで、許される限りのぎりぎりで、彼の中に灯る青い炎を見つめていたい。奥の奥までのぞき込みたい。

もう、彼と自分が「いっしょ」だなんて勘違いはしないから。

「ん。でも、これからは私も気をつけるよ」

千歳が死んでしまえば、自分たちをつなぐ縁も消え失せる。逆に言えば、千歳が生きている限り、契約は生き続ける。

いっしょにいるには、当たり前だけれど千歳が生きていなくてはいけない。

ほほえんだ千歳に灯は何かを言おうとしたが、それより先にいつの間にか戻ってきていた百瀬が声をかけてきた。

「千歳さん。もうご飯の準備できてますけど、ご飯とお風呂、どちらを先になさいます？」

火にかけっぱなしだった鍋はどうやら無事だったらしい。

「お腹すいちゃったし、ご飯がいい」

そう答えると、彼女は笑ってうなずく。

「じゃあ、手を洗ってきてくださいね」

まるでちいさな子どものような扱いだが、千歳が幼い頃からこの家にいる彼女にとって千歳はまだまだ子どもなのだろう。

「はーい」

素直に返事をして、洗面所に向かうべく家に上がる。百瀬とすれ違う時にふわりと鼻先をかすめたかぐわしい匂《にお》いに、ついつい頬《ほお》がゆるんだ。

＊＊＊

その場に残った百瀬はサンダルをつっかけると、玄関の中に入らずにいた灯へと近づいた。

「ずいぶんと浮かないお顔ですね」

こちらの顔をのぞき込み、ころころと笑う。

「何か、気に入らないことでもありましたか、青行灯」

「今は灯だよ」

人間の姿をしているというのに種族としての名を呼んできた相手をにらみつけると、彼女は「あらあら」と首をかしげた。

「そちらの名で呼ばれるのはお好きではないと思っていましたので」

別に好きでも嫌いでもない。ただ、居心地が悪い。自分の本質を揺らされるような、本能的な感覚だ。

それを目の前の相手に言ってみたところできっと意味はない。

この、会った瞬間こちらの正体を看破した彼女には。

人間ではない。かといって、自分と同じ「怪異」と呼ばれるものとも違う。今日のゲドのような枠組《わくぐ》みから外れてしまったモノというわけでもない。

本当に得体のしれない存在だ。

「……今日は助かったよ」

千歳が「チビ」と呼んでいたゲド。あのゲドが千歳を喰らおうとしたとき、もちろん自分だって気づいていた。気づいていたけれど、ほんのわずかに間に合わなかった。

千歳を救ったのは、悔《くや》しいが自分とは別の力だ。

「いえいえ、千歳さんは私たちにとっても大切な子ですから」

にこにこと、千歳の目の前で浮かべてみせるのと同じ笑みを浮かべ、「百瀬」と名乗るそれは目を細めた。

「千影さんにも困ったものです。千歳さんをおとりに使おうとするなんて」

千歳の兄が千歳を坂田家に連れていったのは、ゲドが変異しかけている可能性を考えていたからだ。腹を空かせているだろうゲドの目の前にうまそうな精気を垂れ流しにしている千歳をちらつかせれば、簡単につり上げられると思ったのだろう。

彼の思惑通りには運ばなかったが、最終的にはゲドは千歳に食いついた。

自分がどれだけ怪異好みの精気を垂れ流しにしているのか、気づいていないのは本人ばかりだ。

そしてやはり本人も、そして青行灯以外の誰も気づいていないが、千歳には強力な加護が与えられている。小鬼程度ならば害意をもって彼女に触れた瞬間焼き尽くされてしまうような加護だ。出会った頃にはすでに与えられていた。正直、青行灯が動く必要などめったにない。

誰がこんなものを、と疑問に思っていたが、千歳の祖母の四十九日《しじゅうくにち》が済んだ頃に住み込みの家政婦として現れた百瀬と会った瞬間にこれは彼女の仕業《しわざ》だと確信した。

あの時も彼女はにこにこと笑いながらも、今みたいに冷たい、まるで害虫を見るような目でこちらを見据えていた。

「忘れないでくださいね、青行灯」

口調だけは丁寧《ていねい》さを保っていたものの、目の前の相手から伝わってくるのは隠すつもりもない敵意だ。

「千歳さんを守るだけならば、私たちだけで充分です。あなたなんて、本来であればあの子に近づけたくもない」

それは、まぎれもない事実であり、彼女の本音だろう。

百瀬のことは、ほとんど何もわからない。

どうして千歳を守るのか。どうして、自分のことを「私たち」と複数形で語るのか。彼女自身がどういった存在なのか。

「あなたが千歳さんのそばにいられるのは、あの子が望んでいるからです」

それでも、わかっていることがいくつか。

彼女は何があっても千歳を守るし、彼女の望まないことは行えない。そして、千歳に自分が人間ではないことを知られたくない。

「あーちゃん、ごはん食べていくでしょ？」

ぱたぱたぱた、と軽い足音をさせて家の奥から再び出てきた千歳が弾んだ声をかけてくる。そのとたん、百瀬の全身から放たれていた敵意がひっこむ。

毎度のことながら見事な変わり身だ。

「どうしたの、ふたりして、そんなところで」

話すなら中に入ればいいのに、と何も知らない千歳は目を瞬かせる。

自分のすぐそばに得体も知れぬものがいるというのに何も知らずにのんきなものだ、とも思うが、灯がどういうモノだか理解しているくせにあの家に入り浸っているのだから百瀬が人間でないと知ったとしても受け入れてしまいそうな気もする。

「ううん。この後、ちょっと用があるからもう帰るよ」

そう言って手を上げると、「えー」と不満げにむくれる。素直すぎる感情表現は幼い頃から変わらない。

それについ「灯」として自然と頰をゆるめそうになった自分に気づき、奥歯を食いしばる。

また胸いっぱいに居心地の悪さが広がる。

苦いような、うずくような——自分でも理解不能な何かが、じわりと。

「千歳さん、わがままを言ってはだめですよ」

百瀬になだめられつつ家の奥へ向かおうとした千歳が、思い出したように笑顔で片手を振った。

それに片手をあげて「灯」としての笑みを顔にはりつけて応えつつ、思う。

居心地が悪い。

それなのに、手放せないのは契約があるから。——本当に、それだけなのだろうか、と。

鏡うつしの君

幼い頃の千歳《ちとせ》は、蔵に入りびたっていた。目を閉じていても危なげなく中を歩くことができたくらいだ。

そこに、知らないことはほとんどないはずだった。

「あ、あったあった」

一階の隅にある船簞笥《ふなだんす》の上に置かれた平たく丸い木箱の中に古い鏡が入っていることも、もちろん知っていた。

簞笥の上からずしりと重みを感じるその箱を持ち上げると、そっと地面へと下ろす。うっすらと埃《ほこり》をかぶっているが、指先で拭《ぬぐ》ってやるとぬめるように光る黒漆《くろうるし》塗りの地が現れる。そこには蒔絵《まきえ》で鶴と亀のおめでたい図案が施《ほどこ》されており、子ども心にも高そうな品だとわかった。

『何代か前のご当主が、結婚か娘が産まれたときにでも作ったのかもしれないわねぇ』

今は入院中の祖母が、まだ元気な頃にそう言っていた。

蓋《ふた》を開けると、布の包みが現れる。その布も開いた中にあるのは、千歳の顔を映してもまだ余裕のある鏡だ。久しく誰も手入れしていなかったため表面は曇っているものの、今は見えない背面には、外箱同様鶴と亀、加えて松の木と青海波文《せいがいはもん》が蒔絵と螺鈿《らでん》で描かれている。

「これなら……」

実はその日、千歳は母の部屋の鏡を割ってしまった。母は怒るよりも千歳が怪我《けが》をしなかったかと心配してくれたが、彼女がかなり落胆《らくたん》していることは明らかだった。

あの鏡は、母が祖母から譲《ゆず》り受けて大切にしてきたものだったから。

この鏡が、割ってしまった鏡の代わりになるとは思えない。でも、少しでも母の慰めになれば。そう思って取りに来たのだ。

どうせここにあったって、千歳以外の誰の目にもとまらないのだから。

服の袖《そで》で鏡面をこすってみると、わずかに輝きが戻る。荒っぽくごしごしと繰り返してから、千歳は鏡をのぞき込んだ。

当然、自分の顔と天井、それに周囲の埃をかぶった家具だけが映り込むはずだった。だが、自分の姿の背後には、同じように鏡をのぞき込む女性の姿があった。

「……っ？」

反射的に振り返ったが、そこには誰の姿もなく、気配すらない。目をこすってからもう一度鏡をのぞき込むと、やはりそこには女性がいる。

驚きはしたけれど、どうしてだか恐ろしいとは思わなかった。千歳は――真魚寺《まなでら》の娘である彼女は、そういった怪異にあまりに慣れ親しんでいた。

「あなた、だれ？」

問いかけると、鏡の中の人は困ったように笑った。千歳よりはずっと大人で、でも母よりは若そうで——それなのに、笑い方はどこか祖母に似ていた。

「やはり、見えているのね。〝目隠し〟は働いているはずなのに」

しっとりと落ち着いたその声は、はっきり耳に届いた。

彼女のつやつやと黒い髪は背の中ほどより短いあたりで切り揃《そろ》えられている。神社の巫《み》女《こ》さんによく似た袴《はかま》姿で、緋色《ひいろ》の袴の上は白の小袖《こそで》だけだ。肌は抜けるように白く、意志の強そうな黒い目が千歳をとらえている。

顔立ちはどこかで見たことがある気がするけれど、思い出せない。

「ああ、その鏡のせいかしら。百も年を経れば、変質してしまうのかもしれない」

照魔鏡《しょうまきょう》ってやつ、とひとり納得するように言葉を重ねる彼女を、千歳は見つめ続けた。

「それに、あなた、他の子たちより一等目がいいみたい。さすが、千草《ちぐさ》の秘蔵《ひぞ》っ子だわ」

千草、という名前に千歳は眉《まゆ》を寄せる。それは、祖母の名前だ。

「どうして——」

祖母を知っているの、と問いかけようとしたのに、彼女はそれをさえぎった。

「でも、だめよ。私を、私たちを見てはだめ。それはあなたには許されていないことなの」

鏡の中、白くたおやかな腕が千歳に向かって伸びてくる。それを避けようととっさに振り返ったものの、当然のようにそこに彼女の姿はない。

鏡越しでなければ、千歳の目は彼女を捉えられない。

ひやり、と冷たい手の感触だけが目元を覆《おお》って、彼女の姿はあいかわらず見えないのに視界が閉ざされた。

気配もないのに、確かに彼女はそこに存在している。

「忘れてちょうだい、千歳。あなたは〝真魚寺の裔《すえ》〟であって〝真魚寺の娘〟ではなくったのだから」

千草がそう願ったのだから。

耳元で囁《ささや》かれたその言葉を最後に、千歳の意識は薄れていった。

夕飯時になっても戻ってこない妹を心配して兄の千影《ちかげ》が探しに来たとき、千歳は箱の中で粉々に砕《くだ》けた鏡の隣で倒れていた。

血相を変えた千影に揺さぶられ、千歳は起き上がったが、「何があった」と問いただす兄には答えられなかった。

そのとき――気を失う直前にあったことを、五歳の千歳は何も覚えていなかった。

一　乙女、気まぐれを起こすのこと

夏だ。

当然暑い。

「むりー、とけるー」

夏季休暇前の最後の試験を終え、千歳は机に突っ伏した。

講義室にはいちおう冷房が入っているが、効きが弱すぎる。これはもう一刻も早く家に帰ってガンガンに冷やした自室でだらけるしかない。

そう決めた千歳はさっさと荷物をまとめ、同じ学科の友人たちに挨拶《あいさつ》をしてその場を後にしようとしたのだが――。

「ちょっと待って、千歳」

「海行こうよ、海。せっかくの夏だしさぁ」

特に仲良くしている友人ふたりに腕をつかまれ、引き止められた。

黒髪のおかっぱに黒縁眼鏡《くろぶちめがね》、襟《えり》付きシャツにプリーツスカートという装《よそお》いが妙にしっくりくる優等生然とした美知留《みちる》に、明るく染めたうえにくるくると巻いた髪、服装はいつだってワンピ一択で、ばっちりメイクにネイルまで抜かりない絢花《あやか》。そこに可もなく不可もなく一般的な女子学生といった千歳が加わると、まったく雰囲気《ふんいき》のちぐはぐな組み合わせが出来上がる。

見た目はちぐはぐだし、性格も違う部分が多いが、四月に学科のオリエンテーションで意気投合して以来いっしょに過ごすことは多い。

「海のそばに別荘の一軒でも持ってるんじゃないの？」

この隠れお嬢、と絢花にわき腹をつつかれ千歳は身をよじった。

「ないない。うちを何だと思ってるの」

それに海はねぇ、とぼやくと、今度は美知留が首をかしげる。

「千歳は山派？」

そうは見えないけれど、とつぶやく彼女に苦笑だけ返す。

海が嫌いなわけでも山が好きなわけでもない。海も山も、かつては異世――人間の世界ではない〝異界〟――として扱われていた。今も街から追いやられたモノが多く住んでいるから、不用意に立ち入りたくないだけだ。

「ね、いいじゃん。一泊か二泊で近場の海」

行こうよー、と絢花につかまれたままだった腕を揺すられる。

友人との宿泊ありの小旅行はもちろん楽しそうだと思う。ただ、それを申し出たときの過保護な兄と従兄《いとこ》の反応を思えば気が重い。

「面白そうな話してるね」

声をかけられ、三人そろって顔を上げる。

「あ、隠れてないお嬢も興味ある?」

絢花のあけすけな声かけに、彼女は「せめて名前で呼んでよ」と苦笑した。

「三橋《みはし》さんも海、行きます?」

改めて美知留にそう呼びかけられ、彼女——三橋紫《ゆかり》は小首をかしげた。

短めのショートカットがよく似合う彼女は、服装もボーイッシュだ。白いTシャツにスキニージーンズ、足元はスニーカー。それでも腕時計と耳元で輝くちいさなピアスは品の良さを感じさせる。

「隠れていないお嬢」と絢花に呼ばれた彼女は、それなりに高名な老舗《しにせ》企業の創業者一族のご令嬢だ。容姿の整った彼女が会社の広告塔としてメディアに顔を出すこともあるので、大学で彼女の出自を知らない者のほうが少ない。と言っても気取ったところはなく、同じ学科の学生とも普通に話す。あまりべったり誰かといっしょに行動するのは好きではないらしくひとりでいることが多いが、浮いているわけではない。

「このメンバーで?」

愉快そうにそう訊ねてきた彼女に、絢花が真面目《まじめ》ぶってうなずく。

「このメンバーで」

千歳たち三人に紫まで加わると、統一感のなさはさらに際立《きわだ》つ。

いやなら別にいいけど、と肩をすくめた絢花に紫は笑った。

「いやじゃないよ。最初に言ったじゃない。面白そうな話だって」

立っていた彼女は千歳のすぐ隣の席に腰かけると、本格的に話に参加する姿勢を見せた。

「海だったらうちの別荘を提供しようか」

「さすが三橋！」

ぱちぱちと手を叩いて喜ぶ絢花に、紫はあきれたように笑った。

「絢花は意地でも私の名前を呼んでくれないつもりなの？」

紫でいいよ、と告げた彼女を囲んで、絢花と美知留は弾んだ声で旅行の計画を立て始める。

まだ行くって言ってないんだけど、といまさら言い出すわけにもいかず、千歳はちいさくため息をこぼした。

話はとんとん拍子にまとまり、八月の第一週に二泊三日で三橋家の別荘にお邪魔することになった。現地までの送迎付き、別荘には管理人がいるため掃除《そうじ》や料理の心配もしなくていいという何とも至れり尽くせりの旅行である。

「じゃあまた連絡するから」

「またね」

紫とSNSのIDを交換した絢花と美知留は手を振るとそれぞれのサークル活動へ参加するべく去っていく。特にこれといった用事のなかった千歳と紫は、自然いっしょに外へ向かった。

「あ、私、自転車だから」

講義棟を出たところで千歳がそう言うと、紫は驚いたように目を丸くした。

「え、千歳、送り迎えしてもらってないの？」

紫とは昔、ちょっとしたパーティーで顔を合わせたことがあった。あちらは忘れていると思っていたが、千歳の顔と千歳の家のことは覚えていたらしい。

「危なくない？」

心配してくれているのはわかるが、真魚寺家は三橋家ほど大きな家ではないし、紫とは違って千歳の顔を知る者なんてほとんどいない。大学でだって誰に注目されることもなく平穏に過ごしているのだ。

それに、千歳に何かあれば民間警備会社よりも強力な守り役がすっ飛んでくる。

「平気だよ」

じゃあね、と手を振ろうとしたところで、「待って」と腕を引っ張られた。今日は何かと引き止められる日らしい。

「待って、千歳。ごめん」

彼女の言葉に、はあ、と息をこぼし、自分の腕をつかんで、わずかに高い位置からまっすぐこちらを見下ろしている相手の目をとらえる。

「ごめんって、どういう意味？」

首をかしげて単刀直入《たんとうちょくにゅう》に問いかけると、紫はばっと頭を下げた。

「ほんとは千歳に頼みたいことがあって、それで海行きの話に首を突っ込んだんだ」

正直に白状した紫のつむじを見つめ、千歳はわざとゆっくりと問いかけた。

「それは、私個人に？　それとも〝真魚寺〟に？」

ぴくり、と紫の全身が反応したところを見るに、答えは後者なのだろう。

徒人《ただびと》には見えぬもの、触れえぬもの。隠《オニ》や霊《タマ》と呼ばれるもの。それを見て、触れて、それらと交渉したり、ときに人間のために彼らを排除したりする。そのための知識と能力が真魚寺家の者にはある。

もちろん、今のご時勢、そんなオカルトチックなことを大々的に喧伝《けんでん》しているわけではないが、表向きの家業である会社経営とは別に今でも昔ながらの家業は続けられているし、古くから付き合いのある家々はそのことを承知している。

真魚寺に依頼できるのは、そんな家々の長《おさ》や、彼らの紹介を受けた者だけだ。三橋家ならば、つてをたどって真魚寺にたどり着くことだってできるだろう。

「〝真魚寺〟に用があるのなら、家を通して依頼してほしいな」

そもそも私、家業にはノータッチなので。

そう言い捨て、そのまま踵《きびす》を返そうとしたのだが——。

「待って」

腕をつかんだままだった紫の指に力がこめられ、離脱に失敗した。

「家の人間は私の言うことを信じてくれない。ううん。あの家に行くと、あの人たちには私が見えなくなるんだ」

千歳を見つめている紫の目は揺らがない。ただまっすぐにこちらを見ている。

見えなくなる、というのはどういうことなのだろう。少し興味を引かれた千歳は動きを止めてじっと彼女の目を見つめ返した。

「千歳が跡を継がないってこと、知ってる。でも——」

目をそらすことなく、紫は言葉を続けた。

思ったよりちゃんと彼女はこちらの事情を把握《はあく》している。そのうえで千歳にコンタクトをとってきたのだとしたら、それは先ほどの彼女の言葉どおり家を通しての依頼が難しいということか。

千歳たちと同様帰路につく学生たちがちらちらとこちらをうかがいながら通り過ぎてい

く。紫の顔が売れているせいで、余計な注目を集めている。

彼女もそれに気づいたのだろう。声のトーンを落として囁いた。

「でも、能力がないわけじゃないんだろう？　真魚寺家はもともと女系相続だったと聞いている」

本当によく調べてきている。

千歳は軽く肩をすくめて見せた。

「女系相続だったのは確かだけど、それは能力が女性に出やすかったからってわけじゃないよ。単純に、初代が女性だった名残《なごり》。父さんの代からは長子相続ってことになったし」

先代の当主だった祖母には息子である父しか生まれなかったが、父にはきっちり能力が受け継がれたし、父の息子である千影にも、娘である千歳にも能力は同じく受け継がれた。

先祖が残した記録を見ても、直系男性には能力が受け継がれてきたことがわかる。

能力を弱める要因は性別や直系・傍系の違いではなく、むしろ能力を使う必要性のようだと言われている。現に真魚寺の家業から離れた人の子は怪異の声を聞けなくなり、孫はもう怪異の姿すら目にしなくなる。

深海魚の目が退化したように、海に戻ったくじらが足を失ったように、必要がないから切り捨てられる。考えてみれば、至極《しごく》まっとうな道理だ。

その感覚は「持って生まれた」千歳には一生わからないだろうけれど、それはそれで平和なことだろう。

「まあ、私に能力があるのも事実だけど」

そろそろ話を進めよう、と余計な話を切り上げる。

「ところで、ひとつ確認なんだけれど」

自分の腕をつかんだままの紫の顔を、千歳はうかがった。

「頼みたいこと、って紫は言ったけど、それは依頼？　それともお願い？」

そう訊ねれば、真剣だった紫の表情に緊張感が加わる。

「お願いならば私の厚意に頼ることになるし、依頼ならば対価が生じるよ」

現金な、と言われるかもしれないが、ここを曖昧《あいまい》にしたまま話を進めるわけにはいかない。

約束や契約を交わすときには条件をきっちり確認、というのが真魚寺家の家訓のひとつでもある。

強《こわ》ばった紫の顔を見つめたまま、千歳はそっと笑った。

「ねえ、知ってる？　私たち真魚寺が陰でなんて呼ばれているか」

たぶん、彼女は知っている。あれだけこちらの内情を調べてきていたのだ。耳に入らないわけがない。

「……ああ、知ってるよ」

案《あん》の定紫《じょう》はうなずいた。

具体的に口にしなかったのは気づかいなのか、それとも千歳の不興を買うことを恐れたのか。

それほどまでに、真魚寺の「あだ名」は外聞が悪い。

化け物殺しの化け物。

さすがに面と向かって言われたことはなかったけれど、興味のないことへのアンテナ感度が著《いちじる》しく鈍い千歳の耳にも幼い頃から届いていたくらいだ。

怪異と同じくらい契約の厳密な履行《りこう》を求め、契約を違えればそれ相応の代償を徒人には理解不能な方法で取り立てる。かつて真魚寺への支払いを踏み倒そうとした家々はことごとく謎の不幸に見舞われて没落してきた。

たとえ見た目が自分たちと同じであろうと明らかに自分たちと「違う」真魚寺一族は、表面上親しく付き合っている人々にすら「化け物」と呼ばれた。

それは畏怖《いふ》の表れであり、同時に忌避《きひ》の証《あかし》。

だが、千歳は思うのだ。

ご利用は計画的に。

このキャッチフレーズがこれ以上なくしっくりくる自分たちは、きっと消費者金融と大差ない。

「私に支払えるものであれば、いかようにも」

紫の返答に千歳は目を細めた。

なるほど。知っていて、それでも彼女は「契約」の方を選ぶのか。

リスクを理解した上で、厚意にゆだねるよりも確実に自分の望みを叶える方を選んだのだとしたら、それは腹の据わった決断だ。

おもしろい。

「いいよ」

笑みを深め、千歳はうなずいた。

「その覚悟があるなら受けてあげる。でも今の言葉、忘れないで」

念を押した千歳に、紫も重々しくうなずいた。

契約はなされた。互いにもう退くことはできない。

さて、と首をかしげ、千歳は改めて訊ねた。

「それで？　依頼内容はなんなの？」

二　乙女、夏の別荘の怪に挑むのこと

「到着だよ」

紫の言葉に、千歳たちは車を降りた。じりじりと照りつける太陽、ジージーと鳴く蟬《せみ》の声、寄せては返す波の音。夏気分を高める周囲に目を細め、続いて目の前に建つ三橋家の別荘にぽかりと口を開く。

地元からほとんど振動を感じさせない運転手付きの車で約三時間。振り返ればきらきらと光る海がすぐそこに見えるだけあって潮の香りが鼻をくすぐる。

海で遊ぶには絶好のロケーションだし、目の前の砂浜はプライベートビーチだと聞いているが――。

「……想像してたのとだいぶ違うんだけど」

絢花の言葉が千歳たちの心情を表していた。

紫が「別荘」と示したのは、こぢんまりとした平屋建ての日本家屋だった。

「ああ、別荘っていっても、実はもともとの本家を保存してるんだ」

それに私たちが滞在するのはあっちの新しいやつだよ、と指差されたほうを見れば、そちらにはガラス張りの大きな窓が目立つ開放的なデザインの一戸建てが隣接していた。そちらも「別荘」というよりももはや「別宅」と呼ぶのがふさわしいが、日本家屋よりは「らしい」。

「三橋家はもともとこのあたりの出身でね。海産物の加工販売で身を立てたんだ」

そう説明した紫は、ここまで送ってくれた運転手をねぎらってから――彼はこの後紫の実家に戻らねばならないそうだ――日本家屋の庭を横切っていく。

横目に見える家屋は年季が入っているが、よく手入れされているらしく荒れた印象は受けない。潮風を受け続ける海の近くは家も庭木も管理が大変そうな印象だが、これまでよほど大切にされてきたのだろう。

「どんなに事業が大きくなっても初心を忘れないように、って創業者の遺言《ゆいごん》でね。明治のころには事業の拡大のために転居して今の家に移ってしまったから」

だから田舎《いなか》っていえばここなんだよね、と紫は目を細めた。

「ちいさい頃から両親に連れてこられてたし、このあたりには詳しいから、海以外にもいろいろ案内できる」

少し離れたところに人魚伝説のある入江とかもあるんだよ、と告げた彼女に、絢花と美知留が食いつく。

「えー、何それ、おもしろそう」

「でも、日本の人魚って、ちょっと気味が悪いよね」

　きゃっきゃと盛り上がる三人を眺めながら、千歳も「人魚か」とつぶやく。そういえばまだ会ったことがない。

　紫からの依頼のこともあるし、思っていた以上におもしろい旅行になりそうだ。と、思ったところでここに来ることを話したときの灯《あかり》の微妙な表情が脳裏《のうり》をかすめた。

「……なんだったんだろ、あれ」

　つぶやいたところで、答えは出ない。ふるり、と頭を振ってみたが、彼とのやり取りは頭のすみに引っかかったままだった。


「と、いうわけで、海に行くことになったんだよ」

　そう報告すると、寄りかかっていた背中が動いた。首だけでこちらを振り返ったらしい。

「なんで？」

　あまりに短すぎる問いかけに、千歳もこちらを見つめてきていた「従兄殿《いとこどの》」の顔を振り仰《あお》ぐ。

　お互い背中越しに相手を見つめる。

　黒縁眼鏡《くろぶちめがね》の向こうの目はあいかわらず眠そうだが、いつもより少し真剣な色を浮かべている。

「なんで、って――」

個人的に依頼を受けたことを兄に伝えた際にも、同じように問われた。兄の場合、「熱でもあるのか」と真顔で心配されたのだが。

「そんなにおかしい？」

「おかしいよー。ちーちゃん、怪異見物はするけど、真魚寺の仕事は嫌ってるじゃない」

間のびした口調で言いながら、灯は顔を前方に戻した。現在、彼は絶賛仕事中なのだ。

彼の職業はホラー小説家だ。今は通常の原稿とは別に八月にネットで公開する短編が何本かあるとのことで忙しくしている。夏だからね、と彼は笑っていたが、千歳が来ているのに仕事をしているのは珍しいので多忙なのは確かだろう。

そんな灯に遠慮《えんりょ》することもなく、夏休みに入って以来毎日のように家に上がり込んでいた千歳だが、旅行の話を切り出したのは出かける数日前だった。

こちらから切り出さなくともどうせ知っているか、とも思ったのだが、少し前に「盗み聞きやのぞき見をするな」とくぎを刺したのは自分のほうだ。彼がそれを守っているかは別として、隠すつもりがないなら話しておくべきだろう。

彼は、千歳の守り役なのだから。

「どんな心境の変化なの？」

明治の文豪が使っていそうな書き物机の前に着流し姿で胡坐《あぐら》をかいた灯が、滑らかにノートパソコンのキーボードを叩きながら訊ねてくる。そんな彼の背中に寄りかかって読書をしていた千歳は、姿勢を崩すとごろりと畳《たたみ》に寝転んでその横顔を見上げた。

首筋につかないように切り揃《そろ》えられた艶《つや》やかな黒髪や整った顔立ち、長身に見合った長い手足、引き締まった身体《からだ》、きめ細やかな白い肌。素材はいいはずなのに、万年猫背《ねこぜ》と俊敏さを感じさせない雰囲気《ふんいき》がいろいろと台無しにしている。

モニターを見つめる眠たげな目は自分の打ち込む文字を追うばかりで、何の感情も映していない。

ジージー、と外から暑苦しい蟬の声が聞こえてくるが、冷房の効いた室内は涼しい。少し、寒いくらいだ。

ふ、と息をこぼすと、千歳は彼の顔を見つめるのをやめて天井に視線をやった。

「心境の変化なんかじゃないよ」

別に千歳は何も変わっていない。

「おもしろそうだったから。それだけだよ」

そもそも千歳は怪異自体が嫌いなわけではない。むしろ趣味で百鬼夜行《ひゃっきやぎょう》を見に行くくらいには好きだ。彼らのことをもっと深く知りたいと思っている。

でも、家の仕事は退屈で嫌いだ。仕事で怪異に関われば、「真魚寺」としての対応が求められる。千歳の考えと違っていたとしても、優先されるのは「真魚寺」のルールだ。

　今回はそうじゃない。

「真魚寺」としての力は求められているけれど、千歳個人が請け負った依頼だ。好きにふるまおうと、文句を言う身内もお目付け役もいない。

「今回のこれは『依頼』だけど、半分は趣味だしね」

　そう答えると、わざとらしいくらい長いため息が返ってきた。

「またそうやって余計なことに頭を突っ込むんだから」

　あきれたような、いつもの口調。

　それなのに、どこか違和感を覚えて千歳は再び灯の顔へと視線を戻した。

「楽しげなちーちゃんを野放しにしておくとろくなことにならないんだよねぇ」

　彼の横顔は先ほどと何も変わりなく、皮肉交じりの軽口もいつもと変わらない。

　気のせいだったか、と内心首をかしげながらも、千歳も言い返した。

「野放し、って。人を野獣かなんかみたいに言わないで」

　むくれてみせると、灯はモニターを見たままふき出した。

「野獣なら逃げるなり戦うなり、相手の力を量った上で自分の身は自分で守ってくれるから安心なんだけど」

　言外に「ちーちゃんは違うでしょ?」と含まされ、千歳はますますむくれた。

この間自分の命を危険にさらした前科があるので強く反論できない。

「……これからは気をつける、って言ったよ」

これでも反省したのだ、とにらみつけると、灯はちらりとこちらを見て目を細めた。

「そうだね」

そう言った彼の目を見て、千歳は先ほど一瞬かすめた違和感が気のせいではなかったと確信した。

「楽しんでおいでよ。僕は行けないけど」

何の色も浮かべていない目。でも、その奥に何かが揺らめいているような目。

そんな彼の目を見たのは、初めてだ。

「何かあったら呼んでくれればいいから。あと前にあげた根付を持っていってくれる？」

わかった、と答えながらも、千歳はその違和感を言葉にできずにいた。

別に、これまでも千歳の怪異見物に灯がついてこないこともあったし、それでも彼が千歳を守ってくれていたことも知っている。

彼の態度はいつも通り。

それでも、何かが違う。

いつもよりも彼との間に距離があるような気がする。

とっさに身を起こした千歳は、彼の着流しの袖《そで》をつかもうとして、直前でぐっと指を握りこんだ。

間違えないと、決めたはずだ。

彼は怪異。

千歳とは本質的に違う存在だ。

「……何かあったら、そっちの仕事より優先してよね」

それだけ言うと、灯は笑ってうなずく。

「それが僕とちーちゃんの契約だからね」

何度も交わした言葉だ。

それなのに、どうしてだかその言葉と灯のほほえみが空々しく感じられた。


「美園《みその》さん、着きましたよー」

モダンな「別邸」の玄関ドアを開けると、紫は奥に向かって声をかけた。すぐさま軽い足音がして小柄な女性が現れる。

「あらあら、おかえりなさいませ」

六十代半ばくらいかと見えるその人は、にっこりと紫に笑いかけてから千歳たちに向き直った。

「ようこそいらっしゃいました。我が家だと思って、くつろいでくださいね」

「こちら、野木《のぎ》美園さん。この家の管理をしてもらってるんだ」

紫がそう紹介してから首をかしげる。

「康《やすし》さんはどこにいるんです？」

住み込みの管理人は夫婦だと紫は言っていた。もうひとり、この家には人がいるはずなのだ。

白い割烹着《かっぽうぎ》がよく似合う美園は目じりのしわを深めた。

「あの人、買い出しに出てるんです。ご挨拶《あいさつ》できず、すみません」

でも夕飯はその食材で腕をふるうので期待していてくださいね、と力こぶを作る真似《まね》をする彼女はチャーミングだ。紫との関係も、気心の知れた、どこか家族のようなものに感じられる。

千歳たちも口々に名乗って「お世話になります」と頭を下げる。

「さ、お客さまのお部屋はこちらですよ。紫さんにはいつものお部屋を整えてあります」

どうぞこちらへ、と先に立つ美園に導かれ、千歳たちは階段へと向かう。

「あ、私は下だから。落ち着いたら一階のリビングに来て」

そう言って紫は手を振って一階の奥へと去っていく。

どうやら客室は二階、三橋家の家族と管理人の部屋は一階にあるらしい。

二階に上がると、そこにはラウンジのようなスペースがあり、それを囲むように客室が並んでいる。

「浴室は一階のもののほうが大きいのですけれど、いちおう二階にもございます。お好きなほうを使ってくださいね」

一階のほうなら皆さんいっしょに入れますよ、と美園は説明しながら客室の扉を開けていく。

三橋家の別荘は最初から客を招くことを前提に建てたようで、下手《へた》なペンションよりも過ごしやすそうだ。

千歳たちにはひとりひとつずつ部屋が与えられた。部屋のサイズや構造はほぼいっしょだが、カーテンやベッドカバーといったファブリックの色が部屋ごとに違う色で統一されている。

「私、ここがいいー」

「じゃあ、私はこっちにしようかな」

クリーム色の部屋を指さした絢花とミント色の部屋を選んだ美知留に見つめられ、千歳は「それでいいよ」とうなずく。

残されたペールブルーの部屋に入ろうとしたところで、千歳はふと足を止め、千歳たちが部屋に入るのを見届けようと立っていた美園を振り返った。

「あの、ちょっとお伺《うかが》いしたいことがあるんですけれど」

少しだけ目を見開いたものの、美園はすぐに柔和《にゅうわ》な笑みを浮かべる。

「どのようなことでしょう」

自分で呼び止めたものの、聞きたいことをどう口にすればうまく伝わるのか、少し迷う。

「……ここでの紫さんは、どんな様子ですか？」

言葉にしてから、曖昧《あいまい》過ぎたかとあわてて付け加える。

「その、きっと家族といるときの紫さんと、私たちといるときの紫さんは違うはずで、美園さんの目には今日の紫さんは違って見えるのかもしれないって思ったんです」

これで伝わるだろうか、と美園の顔をうかがえば、彼女は「そうですね」と目を細めた。

「実は、紫さんがご友人を連れていらっしゃったのは初めてなんです」

美園の表情に、ほんのわずかな影が差す。

「いつもは夏や冬にご両親といっしょに過ごすためにおいでなんですけれど、紫さんのご両親は忙しい方たちで。それは紫さんも幼い頃から理解しているので、なんとか休みを取って自分と過ごそうとしてくれるご両親の負担になるまいと物わかり良くしている感じもあるんですけれど――」

そこまで告げて、彼女は再びやわらかく笑った。

「でも、今日の紫さんはいつもよりも明るくて、年相応に見えて、わたくし、少しほっとしました」

ゆっくりと腰を折り、美園は千歳に向かって頭を下げる。

「どうか、これからも紫さんと仲良くしてあげてください」

こんな年上の人に頭を下げられたことも、何かを乞《こ》われたこともない。いや、真魚寺の仕事関係ではあるが、あれとこれとは別物だ。

「え、あのっ」

美園は頭を上げると、あわてふためく千歳に笑いかけた。

「では、わたくしはこれで」

そう言うと、会釈《えしやく》して去っていく。

階段を下りていく後ろ姿を見送り、千歳は内心首をかしげた。

あんなに美園は紫のことを思っているのに、彼女すらここで起こっていることを知らないのだ。

『あの家に行くと、あの人たちには私が見えなくなる』

紫が言った「あの人たち」には、家族だけではなく、管理人夫婦も含まれていた。

『別荘に出る私の偽者をつかまえてほしい』

あの時、帰り際に紫はそう言った。

『毎回、別荘に行くたびに私そっくりの偽者が出るんだ。代わりに別荘にいる人には私自身のことが見えなくなる』

紫いわく、偽者はいつの間にか現れてなじんでいるそうで、紫自身が食事や風呂を使うことはできるが、それも偽者の行動として自然に置換される。

偽者は受け答えもふつうに行うし、両親や管理人夫婦、時折両親が別荘に招待する知人に怪しまれたこともない。

そして、帰る時間になると自然と消え失せている。

ただ、それだけの存在。

『初めてそいつが出たのは、たぶん五歳ごろだったと思う』

以来、紫が別荘に来るたびに「それ」は現れている。

『最初はわけがわからなかったし、わかってからは害もないしほうっておいたんだけど、やっぱり、ちょっと気味が悪いしね』

そう言って、紫は苦笑いを浮かべた。

『何もしないでいるうちに十年以上放置することになっちゃって。で、大学に入学してみたら千歳と同じ学科だったってわけ』

渡りに舟だと思ったよね、と白状して、彼女は軽く肩をすくめた。

『別に退治してほしいとか、そういうわけじゃないんだ。ただ、あいつが何なのか知りたいし、できれば私の真似をやめさせたい』

紫の話をすべて聞き、千歳はそれほど危険はないと判断して引き受けた。少なくとも、頭から丸かじりされそうになるような危険はなさそうだ。

「さて、そろそろおいでになる頃合いかな」

今のところこれといったあやしい気配はない。そもそも千歳はそういった気配には疎《うと》いほうなのだが、さすがに目の前に出てくれれば人間との違いくらいわかる――はずだ。

紫の話では、これまで別荘に到着して荷物を置くために自室に入り、外に出るともうすでに偽者がいる、とのことだった。

必要最低限の荷解《にほど》きを済ませると、千歳は部屋を出た。そのまま階下のリビングへ向かう。

大きなガラス張りの窓から海が見えるリビングには、ゆったりとしたソファとローテーブルが設置されていた。天井でまわるシーリングファンを見ていると、このままソファに丸くなって眠ってしまいたくなる。

先に腰を下ろしていた紫が「やあ」と手を上げる。

「まだ私の姿は見えているかな」

軽口を叩いた彼女を頭のてっぺんからつま先まで眺め、気配に異状がないことも確認してからうなずく。

「それはよかった。せっかく来てもらったのに、千歳の目にまで映らなくなったら悲しいからね」

軽い調子で言いながらも、少しだけさびしげに紫は笑う。

害はない、と彼女は言ったけれど、幼い頃からここに来るたびに自分そっくりの「何か」が自分としてふるまうのを見ながら、周囲を家族に囲まれながらもたったひとりで過ごしてきたのか。

みんなそこにいるのに置いてけぼりにされたような、それはきっと、広い家にたった一人でいるのに勝るとも劣らない孤独だっただろう。

ひとりはさびしい。

千歳だってそれは知っている。

「大丈夫だよ。私、目はいいほうだから」

紫の隣に腰を下ろすと、そう告げる。

『あなた、他の子たちより一等目がいいみたい』

かつて、誰かにそうお墨付《すみつ》きをもらった気がする。

だから、気配には疎くとも、紫と偽者を見間違うことはないだろうし、本物の紫の姿を見失うこともない。

「……そっか」

そうつぶやいた紫の肩からわずかに力が抜けたように見えた。

もっと早く、誰かを頼ればよかったのに。我慢せずに、嘘だと思われてもなりふり構わず言い立てれば、もっと早く真魚寺までたどりついたかもしれないのに。

今さらそれを言ったところでせんないことではあるけれど、紫がこれからもそんなこと続けなくてもいいように。

そのために自分はここにいるのだ。

「そうだよ」

だから安心して、とは言わなかったけれど、紫にはなんとなく伝わったらしい。彼女はほのかに笑ってうなずいた。

「あ、千歳早いわね」

声をかけられて振り返れば、絢花と美知留が並んでやってくるところだった。

先ほどの紫と同じようにふたりに向かって手を上げて応えようとした千歳だったが、絢花と美知留が怪訝《けげん》そうな顔をして顔を見合わせている。

「どうかした？」

「いや、うーん」

いつもはずけずけと言いたいことを言う絢花が歯切れ悪く言葉を濁《にご》す。

「あの、紫さん」

思い切ったように、美知留が切り出す。

「さっき、二階にいた、よね？」

語尾は確認の形をとりながらも、声はどこか不安そうに揺れている。

「そうそう。白い、いかにも清純系お嬢様って感じのワンピース着て。私たちが部屋から出てきたの見て、下に降りていったでしょ？」

絢花が引きつった笑いを唇に浮かべながら続けた。

「なんで来た時と同じ服装に戻ってるわけ？　そんな時間、あった？」

今度は紫と千歳が顔を見合わせる番だった。

これは、出た、ということでいいのだろうか、と目で問いかけた千歳に、紫も戸惑った視線を返してくる。

彼女の困惑の原因には見当がつく。

今回の「それ」は、明らかに今までとはパターンが違っているのだ。

絢花と美知留は間違いなく千歳の隣に座る紫が見えている。それでありながら、つい先ほど今の紫とは違う服装の紫を見たと言っている。

これは、いったいどういうことなのか。

ちらり、と脳裏《のうり》を先日出会った怪異の姿がかすめた。本来の枠組《わくぐ》みから外れ、変質してしまった姿を思い出せば、今でも背筋を冷たいものが走る。

安全な依頼かと思いきや、頭から丸かじりにされる可能性も、ないわけでもなくなった。

それでも、千歳に手を引くつもりはない。

野獣よりも愚かしく、好奇心に満ちた自分には、そんなことできない。

また頭を突っ込んで、と守り役は不機嫌になるかもしれないけれど、そんな千歳の性格を承知の上で彼だって送り出したはずなのだ。

好きなようにやらせてもらおうじゃないか。

ちいさく鼻を鳴らすと、千歳は怪異の正体に思いを馳《は》せる。

人に化ける代表格といえば狐《こ》狸《り》の類《たぐい》だが、彼らはどちらかと言えば化けることによって人を騙《だま》したり驚かせたりすることを好む。

だが、今のところ紫の偽者はそういうことをしているわけではないようだ。

ただ、存在しているだけ。

ここに紫が滞在している間、紫と入れ替わっているだけだ。

「いつの間にか人間に加わっている」という、あり方としては座敷童《ざしきわらし》のようなものに近い気がするが、実際の人間と入れ替わるというところは違う。

西洋には「ドッペルゲンガー」と呼ばれる「二重身」の事例があるが、あれはあれで自分の写し身に会うのは死や災厄《さいやく》の前触れとされることが多く、何度会っても今日までピンピンしている紫のケースには合わない気がする。

うーむ、と考え込みそうになった千歳だったが、目の前では絢花と美知留が顔を強ばらせている。

　これはなんと説明するべきか、と思考の矛先《ほこさき》を変えたところで、紫がにっこりと笑った。

「ああ、うん。ここに滞在している間は両親の好みであああいうワンピースを着てることが多いんでつい習慣で着替えちゃったんだけど、あの格好、普段の私とは全然違うだろう？」

　よどむことのない口ぶりで彼女は語る。

「絢花と美知留のこと呼びに行ったはいいけど、ふたりのこと見たとたん、なんだかちょっと恥ずかしくなっちゃってさ」

　あわてて一階に戻って元の服に戻しちゃった、と続けて、早着替えは得意なんだよ、と肩をすくめてみせる。

　その様子を、千歳は黙って見つめていた。

　嘘も方便、という言葉もあるし、千歳だって嘘や隠しごとをしないわけでもない。それでも、紫の口調は息をするように自然だった。まるで、日常的に繰り返している習慣のように。

　付き合いは浅いとはいえ、彼女に不誠実な印象はなかったので意外だった。

「ちょっともぉ、びっくりさせないでよ！」

　もしやオカルト的な何かかと思ったじゃない、とぷんぷんしている絢花は紫の嘘を信じたらしい。美知留はまだ何か言いたげにしながらも口をつぐんでいる。

「ごめんごめん」

軽い調子で謝った紫がソファから立ち上がってガラス窓の向こうの海を指差す。

「ほら機嫌直して、絢花。せっかくだし、海行こうよ」

ねっ、と輝く笑顔でうながされ、絢花も「しかたないわね」と苦笑を浮かべた。

三　乙女、ことの次第に思い至るのこと

湾になっているとはいえ、当然ながら海には波がある。凪《な》いだプールで泳ぐのとはわけが違い、鍛えているわけでもない身体《からだ》はすぐに疲労で重くなる。

はあ、とパラソルの陰に腰を下ろし、クーラーボックスから冷えたスポーツドリンクを取り出して一息にボトルの半分を飲み切ると、やっと人心地つく。

「あのふたり、元気だね……」

先にパラソルの下へ退避していた美知留に声をかけると、彼女はくすくすと笑いながらうなずいた。

視線の先では、先ほどまで浜辺でビーチボールを打ち合っていた絢花と紫が、今度は浮き輪を使いながら少し沖合まで泳いでいる。

心地よい疲労感にぼーっとしながら、そんなふたりの姿を眺めていた千歳だったが、隣に座る美知留に声をかけられそちらを向いた。

「ねえ、千歳。さっきのことなんだけど——」

黒縁眼鏡《くろぶちめがね》の奥の目は絢花たちのほうを向いたまま、千歳のことは見ていない。

「あなたと紫、何か隠しごとをしているでしょう」

美知留の声は静かだった。追及する響きも、なじる調子もない。

「それは私たちには話せない、ううん、手伝えないことなの？」

そこまで言って、彼女はこちらを向く。

声同様、怒っているでも悲しんでいるでもない静かな表情だった。

美知留は三人でいるとき、いつだって一歩引いて言葉少なにしている。それでも、三人のバランスをとっているのは彼女だ。

少しだけ考える。

たぶん、依頼者である紫の意向次第だが、話すことに問題はないだろう。

「たいしたことじゃないんだよ」

それなのに、気づけば千歳の口は動いてごまかすようなことを言っていた。

「そう」

美知留はうなずいて視線を前へ戻した。憤慨《ふんがい》するでもなく、落胆《らくたん》するでもない様子に、千歳は内心安堵《あんど》する。

別に守秘義務を優先したとか、そういったわけではない。

美知留のことも、絢花のことも、大切な友人だと思っているし、信頼もしている。それでも、だからこそ、彼女たちにこの話はしたくない。

千歳にとって、世界はおおまかにいってふたつの面に分かれている。他の人々とほとんど同じものを見られる一面と、自分や自分と同じような「目」を持つ人々としか共有できない一面。幼い頃から祖母や両親、兄にそれは言い含められてきたけれど、小学生くらいまではうっかり口を滑らせて周囲に気味悪がられることも多かった。

美知留や絢花が自分のことを気味悪がって避けるとは思わない。彼女たちはきっと千歳のことを理解してくれようとするだろう。でも、千歳自身がそれを望まない。

彼女たちには、ただの――「真魚寺」とは関係のない――千歳の面だけ知っていてもらいたいし、そういう関係を築きたい。

それは千歳のわがままだ。

少し、申し訳なくも思うけれど、きっと察しのいい美知留ならば「気づかなかったふり」をしてくれるはず。

「心配してくれて、ありがとね」

千歳は笑顔でそう言った。

「どういたしまして」

ほほえんだ美知留がそう答えて、そのまま話は終わりになるかと思ったのだが――。

「でも、本当に困ったときには、何も言わなくてもいいから頼ってほしいと思ってるよ」

私も、きっと絢花も、と続けられて、つい目を見開く。そんな千歳の表情に、美知留はいつもの理知的な印象の笑みとは違う、いたずらっぽい輝きを目に宿して軽く声をあげて笑った。

「そんな千歳の顔、初めて見た」

ちらりと目に意地悪そうな色をにじませながら、彼女は立ち上がる。

「物わかり良くふるまってあげられなくてごめんね？」

それだけ言い残して、いつの間にか海から上がって波打ち際で笑いあっていた絢花と紫のもとへ、クーラーボックスから出した飲み物を手に近づいていく。

おしゃべりをかわす三人を見ながら、千歳はいつの間にか詰めていた息をこぼした。

自分に隠している一面があるように、美知留にだって普段は見せない一面があったっておかしくない。それなのにさっきの彼女の言動に動揺《どうよう》している自分は、先日と同じように間違ったのだろう。

勝手に自分の物差しで測って、わかったつもりになって、決めつけた。

何も成長していない。

人より多くのものが見えているはずなのに、自分の目はまるで節穴《ふしあな》だ。

いやになるな、とつぶやいたところで、視界の端で瞬いた光に意識を奪われる。チカチカと明滅したそれは、何かに光が反射したようだった。

「ん？」

光ったのは三橋家の旧宅のあたりだ。ガラス窓にでも日の光が差し込んだのか、と見つめてみても、今は何も見当たらない。特に変わった様子もないし、放っておいてもよかったが少し気にかかる。

「ちょっと疲れちゃった。先に戻っていい？」

心配そうな顔をした三人に平気だよ、と笑いかけ、付き添いも断って浜辺を後にする。

三橋家の新しいほうの別邸には、勝手口とは別に、プライベートビーチへ出入りするために作られた裏口がある。そこから入ってすぐのところに浴室があるので、とりあえず海水と砂を洗い流してさっぱりして、着替えたのちに千歳はもう一度外へ出た。

庭を回って、三橋家の旧宅の前へ行く。庭や家屋の手入れはされているが、日常的に使われてはいないようで、雨戸が締め切られている。当然窓ガラスもあらわにはなっていないし、そもそもこの家には窓ガラスが存在しているのかも謎だ。ぱっと見た感じでは光を反射するようなものは見当たらない。

「なんだったんだろう……」

カラスが何か持って木にでもとまっていたのだろうか。

首をかしげて考え込んでいた千歳の視界の端を、すっと何かがかすめていった。反射的に顔を上げると、白い何か――それはスカートの裾《すそ》のように見えた――が家の角を曲がって消えるところだった。

『そうそう。白い、いかにも清純系お嬢様って感じのワンピース着て』

ふと絢花の言葉を思い出す。

「ちょっ！」

追って角を曲がった千歳だったが、向こうから歩いてきていた人物と鉢合《はちあ》わせて危うく衝突しかけた。

お互いに目を丸くして、それぞれ相手を見つめる。

「……どちらさまですかな？」

先に口を開いたのは目の前の相手のほうだった。

麦わら帽子に軍手、手には枝切りばさみを手にした初老の男性だ。出入りの庭師のような人なのかもしれない。

思わずまじまじと頭のてっぺんから足元までを眺め、先ほど見た白い布らしきものを彼が身に着けていないか確認してしまう。

彼では、ない。

さんざんぶしつけな視線を送ってから、相手が自分の返事を待っていることに気づいてあわてて姿勢を正した。

客分としてここにいるとはいえ、他人の家の庭をうろついていれば不審者扱いされても仕方がない。

「私、紫さんの友人で、ご招待いただきました真魚寺千歳と申します」

挨拶《あいさつ》をすると、その男性は軽く目を見張り、すぐに笑み崩れた。

「ああ、紫さんの。ようこそいらっしゃいました」

麦わら帽子をわざわざはずすと、ぺこりと頭を下げてくる。

「私は野木康と申します。ここの管理を妻と任されている者です」

すぐに美園が話していた「買い出し中の夫」と目の前の人物が結びつく。やわらかで、どこか茶目っ気のある雰囲気《ふんいき》が美園に重なった。

「紫さんたちは海に遊びに行っていると聞いておりましたが、もうお戻りになったんですか？」

夕飯にはまだ少し時間がありますが、と首をかしげている康に千歳もほほえみ返す。

「いえ。疲れてしまったので、私だけ先に引き上げてきたんです。かといって、眠ってしまうのも退屈で」

少し散歩をさせていただいてたんです、と伝えると康は目を細めてうなずいた。

「そうでしたか。かといって、海以外は若い方にはこれといって見るものもない場所でしょう」

「そんなことありません」

千歳は目の前の日本家屋を見つめた。

「大切にされてきた、いいお宅ですね」

それは心の底からの本音だった。

家でも、人でも、年月は降り積もって姿を形作る。

目の前の家は古びてはいるけれど、すさんではいない。これまでずっと大切にされてきたことが伝わってくる。少しさびしげにみえるのは、家がかつてにぎやかだったころを覚えているからかもしれない。

「ありがとうございます。管理している身からしますと、そう言っていただけるのはうれしいものですね」

今もこの暑い中庭木の枝を整えに来たらしい康にとって、この家はずっと面倒を見てきた「家族」のようなものなのだろう。

とてもやさしく笑うと、彼はぽんと手を打った。

「ああ。よろしければ中も見てみますか?」

「いいんですか?」

千歳は驚いたが、康はうんうんとうなずく。

「ええ。中の管理も私たちに任されておりますし、私といっしょでしたら見るくらいは問題ありませんよ」

そう言うと、彼は玄関に向かっていく。

おそらく鍵《かぎ》の類《たぐい》は後世になってから付けられたのだろう。板の引き戸とその脇の柱に金具が付けられ、そこに鎖と南京錠《なんきんじょう》が施《ほどこ》されている。

多少がたつく引き戸を開け、康は「ちょっと待っていてくださいね」と言いおいていったん中に引っ込んだ。すぐに外に出てくると、「どうぞ」と促す。

中に入ると、そこには電球が下がってあたりを照らしていた。古いままに保存するのではなく、いちおう電気は通してあるらしい。

入ってすぐの場所は土間で、まっすぐ進むとかまどや水回りのある家の裏口へつながっているようだ。土間の左手、一段高くなった場所にあるのは広々とした板間で、中央には囲炉裏《いろり》、天井からは自在鉤《じざいかぎ》が釣り下がっている。

「上がって見ていただいて大丈夫ですよ」

康に促され、千歳は靴《くつ》を脱ぐと板間に上がり込む。ここも手入れが行き届いていて埃《ほこり》っぽさもないし、床はきれいに磨《みが》き上げられている。

靴下越しの足の裏に、夏とは思えぬ冷気が伝わってきた。

雨戸の締め切られた家の中は蟬《せみ》の声も波の音も遠く、日の光のさえぎられた木造の家の中はひんやりとして、どこか実家の蔵の中を思い出させる。

やたらと大きい家ではないが、「村の有力者の家」として建物園なんかに保存されている日本家屋によく似ている。つやのある柱や板間の天井に渡された梁《はり》は立派な太さだし、板間の奥にある複数の和室は襖《ふすま》を取り払えば大広間になって、行事の時には多くの人が集まったのだろう。

落ち着く。

ふっと肩から力が抜けるのを感じながら、康が何も言わないのをいいことに、千歳は家の中を好き勝手にうろついた。

ある和室に入ったところで、部屋のすみに置かれた細工箱《さいくばこ》に目を引き付けられる。使い込まれた様子の、朱塗りの箱だ。

大きさは千歳が抱えて持ち運べるくらいで、いくつも引き出しがついている。祖母の使っていたお裁縫《さいほう》箱にも似ているが、天板に載っている、ちいさな楽譜立てのような、イーゼルのような、何かを支えるためのものと見受けられる道具は何だろう。

「ああ、それは化粧《けしょう》箱です」

後から部屋に入ってきた康が、千歳の視線に気づいて教えてくれる。

「ほら、脇に鏡箱もあるでしょう」

指摘され、そちらを見れば確かにもう一つ箱がある。こちらは平べったい円筒型だ。

ふらり、と引き寄せられるように千歳は鏡箱に近づいた。

「開けても、いいですか？」

康がうなずいたのを確認してから、そっと蓋《ふた》を持ち上げる。

「ちいさい頃の紫さんはその鏡がお気に入りで、よくのぞき込んでました」

かつてのことを思い出すように康が笑みを含んだ声で言う。

箱の中身は手触りのいい布に包まれている。重ね合わせられた布をめくっていくと、康の言っていた通り、鏡が現れた。ほぼ円形の、直径が三十センチに少し足りないくらいのサイズの鏡だ。鏡といっても、見慣れたガラス製の鏡面ではない。おそらく金属鏡と呼ばれるものだろう。

金属の板面を研磨《けんま》してものを映す金属鏡は博物館の展示なんかで見たことがあるが、鏡面の側をまじまじ見るのは初めてかもしれない。展示では鏡面よりも背の細工を見せることが多いからだ。

思っていた以上に、よく映る。

持ち手はないので、先ほどの用途不明だった道具で支えて顔を映すのだろう。映りこんだ自分の顔が、まっすぐにこちらを見つめ返している。

ここにある、ということは、明治時代にここを去ったという三橋家の家人が残していった荷物のはずだから、江戸時代のものの可能性もある。ガラス鏡が一般的に普及したのは明治時代以降、とどこかで読んだ記憶があるので、ここにあるのが金属鏡なのはおかしくない。

それより気になるのは——。

「紫さんはああ見えてなかなかやんちゃで好奇心の強い人ですから、幼い頃から『冒険』と言ってはここに入り浸っていて。もしかしたら、ひとりになりたくて来ていたのかもしれませんけれど」

康の言葉の最後のほうがわずかに暗く響き、千歳は沈みかけた思考から意識を引き戻された。

「……どういうことですか？」

手元の鏡から視線を上げ、問い返す。

康はつい口を滑らせたらしい。気まずそうに一瞬眉《まゆ》を下げてから、苦笑する。

「いえ。紫さんはお忙しいご両親の前では年相応に騒ぐことなくおとなしくしていらっしゃったので。たまには息抜きが必要だったのかもしれない、というだけの話です」

そうだ。美園もそう言っていた。

紫は忙しい両親に遠慮《えんりょ》して物わかり良くしている感じがある、と。

何かが、つながった気がした。

その感覚を逃さぬように、反射のように問いを口にする。

「それは、いつからですか？」

「いつ、とは？」

千歳の質問の真意をはかりかねたのか、戸惑い首をかしげた康に繰り返す。

「紫さんは、いつから、そういう風にふるまってましたか？」

すっと頭のすみが冷えていく感覚がする。遅れて、じわじわと自分がたどっている線が正しいという確信めいた思いがにじみだす。

「それは気づいたときにはもうそうでしたから……三歳くらいの頃には」

おそらく生まれた頃――少なくともこの別荘に初めて紫が遊びに来た頃――から彼女を知る康が言うのならば、それは確かだろう。

そして、紫が自分の偽者を認識したのは五歳頃だ。

「ああ、そういうこと……」

ちいさくつぶやくと、千歳は手元の鏡箱の蓋を戻してから立ち上がった。

「康さんの目から見て、ここでの紫さんはどういった人に見えますか？」

美園にも確認した問いを投げかける。

「紫さんは、そうですね――」

困惑しながらも、康は「雇用主の娘の客人」である千歳に、角《かど》の立たない返答をした。

「やさしくて賢い、ご両親にとってとても誇らしいお嬢さんではないかと」

角が立たないだけで、含むところがないわけではないようだけれど。

管理人夫婦は、やはり紫のことをよく見ている。それなのに、彼らは紫の偽者を見抜けない。そこに違和感を覚えていたのだが——。

なるほど、と声に出さずにうなずくと、千歳は康に笑いかけた。

「もし紫さんが『いい子』じゃなくなったら、康さんたちは驚きますか？」

変なことばかり訊く客だと思われているかもしれないが、質問はこれで最後だ。笑顔のまま彼の答えを待つ。

「いいえ」

康は千歳の目をのぞき込むようにしながらも、はっきりと首を振った。

「紫さんはもう少しはめの外し方を覚えたほうがいいと思いますし、それに、あの子ももうすぐ『大人』と呼ばれる年齢です」

いつまでも「いい子」である必要なんてありませんよ、と告げてから、彼は少し警戒するように千歳を見つめる目をすがめた。

「かといって、悪い遊びを覚えてほしいわけでもありませんが」

ひなを守ろうとする親鳥のような気配に、千歳は苦笑する。どうやら相手の心証をやや損《そこ》なってしまったらしい。

いろいろ突っ込んで訊きすぎただろうか。

「少しくらいはめを外したところで、きっと紫さんはたがまでは外さないと思いますし、私は今の——私たちに見せてくれている紫さんの姿が好きですよ」

千歳だって別に紫を堕落《だらく》させたいわけではない。

そう告げると、康は目を見開いて、恥じ入るように顔を伏せた。

「すみません。ご無礼を申し上げました」

ぺこりと頭を下げてから、彼は心底嬉しそうに口元を緩《ゆる》める。

「紫さんは、よいご友人を得たようです」

その言葉に、美園に頭を下げられたときと同じ居心地の悪さを感じる。

「……そうありたいと思っています」

美園のときにはあわてふためくことしかできなかったが、今回は何とか返事をしぼりだした。

依頼が片付いても、もし、紫が望んでくれるのならば――自分たちは友人と呼べる仲になれるだろうか。

自分がたどり着いた「答え」は、もしかしたら望まれないものかもしれない。

すべてが終わったあと、紫は「化け物殺しの化け物」である千歳を忌避《きひ》するかもしれない。

そう思えば、胸の片隅がちくりと痛んだ。

四　乙女、まことを照らし出すのこと

康と旧宅を出ると、ちょうど三人が海から戻ってきたところだった。

美園が腕をふるった夕飯を食べ、もう一度今度は全員で風呂に入り、一階にあったシアタールームで映画を見て、合間合間におしゃべりに花を咲かせる。

二泊三日のまだ一日目の夜だ。明日はどうする、と予定を立てて、比較的早い時間にそれぞれが自室に戻ることになった。明日は丸一日遊べるんだから体力は温存しなくちゃ、とは絢花の弁だ。

とても楽しい時間だった。

このまま楽しいだけの旅行を過ごしたい気持ちもあるが、千歳がここにいるのは紫からの依頼を果たすためだ。

使っていたグラスの片づけを引き受けるふりをして、千歳は紫といっしょにキッチンに残った。絢花と美知留が就寝の挨拶《あいさつ》を口にしてから部屋へ戻ったのを確認してから話を切り出す。

「ねえ、紫」

グラスを洗っていた紫が、ふきんを手にした千歳を見つめて首をかしげる。

「どうかした？」

それに短くうなずき、千歳も紫の顔を見つめ返した。

「ん。だいたいのことはわかったからね、ちょっと訊きたいんだけど」

「え」

あまりにあっさりとした千歳の言葉に紫は目を見開いて固まった。じゃあじゃあと蛇口《じゃぐち》から流れる水音だけが二人の間の沈黙を乱した。

「わ、わかったって、私の依頼のこと？」

混乱している様子の紫に、千歳はうなずく。

「グラス」

「あ、ああうん」

手を差し出して促すと、紫はすすぎ終わったグラスを手渡してくる。

「え、ええっと、つまりもう解決ってこと？」

せわしく瞬きを繰り返しながらの相手の問いかけに、千歳は受け取ったグラスを拭《ぬぐ》いながら首を横に振った。

「着地点を悩み中。で、ちょっと訊きたいんだけど」

話が最初に戻ったことに気づいた紫が眉をひそめる。

「着地点？」

そうだよ、とうなずいて続ける。

「紫は、私に言ったよね。この別荘に出る怪異の正体が知りたい、って。できれば自分の真似《まね》をやめさせたいって」

拭いたグラスをカウンターの上に置き、次のグラスをくれるように紫へ手を差し出す。

「それは、紫の本心？」

紫はわずかに目を見開き、首をかしげた。

「……どういうこと？」

こちらを見るその目には、純粋な疑問の色が浮かんでいる。

「本心なら、それでいいんだよ」

再度手を差し出して促せば、紫はやっとすすぎ終わった次のグラスを渡してくれる。千歳はそれも拭うと、最初のひとつの隣に並べた。

本来の真魚寺ならば、最初に受けた条件を曲げることなく依頼を完遂《かんすい》する。でも、今回のこれは千歳の仕事だ。

「私は、紫の望みに従いたい」

千歳は目の前のグラスを見つめたまま語りかける。

「私は、たぶん、その怪異に紫の真似をやめさせることもできるし、存在を消し去ることだってできる」

　もうこの現象を説明するためのピースはそろったし、千歳には力もある。

　みっつめのグラスを受け取って、同じようにカウンターの上に並べてから、ゆっくりと視線を紫の顔へと移した。

「ねえ、紫はそれを望む？」

　じっと見つめて再び問いかければ、彼女の目は揺れた。

　こんな曖昧《あいまい》な訊き方、戸惑わせるだけだろう。わかっているけれど、訊かずにはいられなかった。

「私、紫の本当の気持ちが知りたい」

　最後のよっつめのグラスをすすぎ終わった紫が流しの水を止めた。差し出されたグラスを受け取ろうとしたのだが、紫は手を離さなかった。

　ふたりの動きが止まり、夜の沈黙が重苦しくのしかかってくる。

「どうして、そんなこと言うの？」

　紫は心底困惑した表情を浮かべている。

「私、千歳には嘘なんてついてないし――」

　そう言って、ちいさく苦笑をこぼす。

「何を心配しているのかわからないけど、依頼内容は変わらないよ」

その笑顔をしばらく見つめて、千歳はため息を押し殺す。

「……わかった」

少し力を込めて紫の手からグラスを奪う。水滴をきれいに拭き取ると、すでに拭き終わったみっつのグラスの隣に並べた。

「明日の夜、依頼を果たすよ」

絢花と美知留が寝てからね、と付け加えて、手にしていたふきんをふきんかけに戻した。

「おやすみ、紫」

「うん、おやすみ」

あいさつをかわし、そのまま部屋を出ようとした足を一度止める。

「紫は――」

「？」

振り返って見た紫はいつも通りの朗《ほが》らかな笑みを浮かべている。

「……ううん、なんでもない」

衝動的に吐き捨てようとした言葉が喉《のど》に絡まって押しとどまる。

紫は、いちばんたちの悪い嘘つきだ、なんて。

今の彼女に伝えたところで何も響かない言葉だ。

貸してもらっている部屋へと引き上げて、ドアを閉めたところで腹の底から息をもらした。

笑顔の紫にあやふやな笑みを返すと、千歳は踵《きびす》を返して部屋を出た。

「変なの」


そのまましゃがみこんでうずくまってしまいそうになった身体《からだ》を引きずって、ペールブルーのカバーに包まれたベッドへダイブする。

柔らかなその色を見て、それよりも濃い、冷ややかな青を思い出す。

ベッドの上に横になったまま、足だけをばたばたさせた。

自分の本心、だなんて、千歳自身にだってわからない。

妙にぎこちなくなってしまった青行灯《あおあんどん》との関係を、自分はどうしたいのか。

現状を保つために、それとも現状を変えるために、何が必要になるのか。

何か決断を迫られていることだけは感じられるのに、身動きが取れずにいる。

何もわからず、答えは出ず、自分の望みすらはっきり答えられないくせに。

それなのに紫にはあんなことを言うなんて、何様のつもりなのか。

「ううう」

手を伸ばしてベッドの枕元に放り投げてあったショルダーバッグを引き寄せ、付けてあった根付をつまむ。濃紫《こむらさき》の組紐に金の鈴と真ん丸の繭玉《まゆだま》のような白い和紙の球がくっついたそれは、青行灯に渡されて以来千歳の手元にある似非《えせ》GPSだ。

千歳に何かあれば、青行灯はこれを目安に空間を飛んでくる。

「……あーちゃん」

ぽつり、と口にした名は静かな夜に遠く響く波の音にまぎれてかき消えた。わかっていたことだが、何の変化も生じない。

千歳が望んだ時にそばにいる、と契約しているくせに、彼はその項目をないがしろにしすぎだ。千歳の身に危険が及ばなければめったに来てくれないし、そもそも怪異としての名を呼べと文句を言う。

千歳は唇を軽く噛《か》み締める。

きっと「青行灯」と怪異としての名を呼べば苦虫《にがむし》を噛みつぶしたような顔つきで来てくれるのだろうけれど――。

「ばか……」

八つ当たり気味につぶやくと、千歳はベッドにつっぷした。

紫はいちばんたちの悪い嘘つきだけれど、それはきっと千歳だって、もしかしたら絢花や美知留だっていっしょだ。

人間はみんな、多かれ少なかれ自分自身に嘘をついている。

嘘をついていると気づけない嘘つきだ。

自分の目をふさいで、耳をふさいで、都合の悪いことを見聞きしないで、ほんの少しだけ世界を自分にとって居心地のいい形にゆがめる。

それ自体は珍しいことでも、悪いことでもない。かわりに、時として「都合が悪いけれど大切なこと」を見失ってしまうのだろう。

きっと自分が求めている答えもそこにあるのかもしれない。

そんな予感を覚えたものの、とろりと忍び寄ってきた睡魔に思考を乱され、千歳はそのまま眠りに身を任せた。


翌日も天気に恵まれ、千歳たちは喜び勇んで遊びに出かけた。

午前中には康に車を出してもらって少し離れた場所にある市場に連れていってもらい、一般客向けの店で海鮮丼を食べたり、お土産物《みやげもの》店を冷かしたりしたし、午後には別荘へ戻ってきてまた海で過ごした。

夕方に疲労で重くなった身体をお風呂でほぐして、美園の料理に舌鼓《したつづみ》を打つ。食後は紫が引っ張り出してきた海外製のボードゲームに興じた。

やはり楽しい時間だった。紫も、昨晩のことを何も感じさせないような、いつも通りの明るい笑みを浮かべていた。

昨晩よりは夜更かしをして、それでも日付が変わったあたりで美知留がうとうとしはじ

から、隣に立つ紫を見る。

千歳と紫は昨晩同様自分たちの散らかしたテーブルの上を片付けた。すべてきれいにして
絢花が足元の怪しい美知留を叱《しか》りつけながらも支えて二階に上っていく。それを見送り、

「ほら、もうちょっと目開いて。ちゃんと歩いて！」

めたのを合図に解散となる。


「行こっか」

どこへ、とも告げずに促すと、紫も何も言わずにうなずいた。

先に寝ますね、と言っていた美園と康、それに二階に上がった絢花と美知留に気づかれないようそっと玄関から外に出て、旧宅へと向かう。

控えめな月の光と、響いてくる波の音、昼よりは少しひんやり感じられる湿度の高い空気の中、千歳と紫は黙って進む。

玄関の引き戸にかけられた南京錠《なんきんじょう》は外れていた。あちらも待ち構えているのだろう。いざとなったらほめられたものではない特技《ピッキング》をお披露目することになるかと思っていたので正直ありがたい。

戸を開いて、電球のスイッチを見つけるより先にそれの姿は目に飛び込んできた。

板間の奥、襖《ふすま》を開け放った和室の中央に、ぼうと光る人影が立っている。

短めなショートカットが似合う小さな頭に、すらりと伸びた手足。身にまとっているの

は、絢花いわく「いかにも清純系お嬢様って感じ」の白いワンピースだ。昨日の昼、千歳の視界をかすめた白い色はきっとその裾《すそ》だろう。

きちんと姿を見るのは初めてだが、なるほど、確かに見た目は紫とまるきり変わらない。

「千歳」

やっと紫が口を開いた。

「あれは、何？」

うすうす感づいているだろうに、固い声でそう訊ねてくる。

「あれは――」

「私は、あなた」

千歳が答えるより先に、紫の姿をしたそれが口を開く。

余裕のある笑みを浮かべ、歌うような口調で――紫の声で。

「私は、あなたのうつし身」

あなたそのもの、と笑うそれを見つめ、紫は息を呑《の》んだ。ふらり、と履《は》いていたサンダルを脱ぐと板間に上がり、そのまま自分そっくりの姿の前まで歩いていく。

千歳もあわてて後を追った。

右手を伸ばした紫に、それは左手を伸ばす。両者は指先が触れそうで触れない位置で立ち止まった。

まるで鏡写しのように。

否《いな》、それは鏡写しそのものなのだ。

「雲外鏡《うんがいきょう》、とでも呼ぶべき?」

どんなに姿を偽ろうとも映した相手の真実を映し出すという特別な鏡「照魔鏡《しょうまきょう》」。その照魔鏡が己で動く力を得て怪異となった「雲外鏡」。

千歳がそう呼びかけると、それは困ったように首をかしげた。そのしぐさすら、いかにも紫がしそうなものだった。

「さあ? 確かに私は映したものの本質をあきらかにするし、その姿を借り受けることだってできるし、自分勝手に動きもするけど、特定の名前で呼ばれたことはないわ。でも、あなたたちがそう呼びたいのならお好きにどうぞ」

千歳が聞きなれている紫の口調より女性らしい口ぶり。でも、見知らぬわけではない。どこかのパーティーで見かけた「よそゆき」の紫は、こんな口調でしゃべっていた。

「映したもの?」

「そうよ」

顔をしかめた紫の言葉に、打てば響くように雲外鏡は答える。

「あなたは私に姿を映したでしょう」

まだ事情を呑み込めていないらしい紫に、千歳は助け船を出した。

「それの正体は、この家にあった古い鏡だよ」

見たことあるでしょ、と問いかければ、紫の目が大きく見開かれる。

昨日の昼、千歳も見た金属鏡。一目見た瞬間、おかしいと思った。

丁寧《ていねい》にしまい込まれていたとはいえ、長い間放置されていたにしては鏡面に曇りがなさすぎたし、のぞきこんだ瞬間にわずかに鏡像がちらついた。まるで、そこに何かが潜んでいるように。

記憶の中で、何かが瞬く。

『ああ、その鏡のせいかしら。年を経て、変質してしまったのね』

そう告げたのは、誰だったか。

思い出そうとしてみても、頭のすみに霞《かすみ》がかかったようにはっきりしない。

ふるふる、と頭を振って今は関係のない記憶を押し込めると、千歳は告げた。

「これがひとつめの依頼の答え。紫の偽者の正体」

「あの、鏡が……」

ちらり、とあの鏡箱が置かれていた部屋へ視線を走らせ、紫がつぶやいた。

「でも、じゃあ、私に成り代わっていたのは、ただの偶然？　私があの鏡に姿を映したからっていうだけで」

「いいえ、いいえ！」

紫の問いに、彼女とまったく同じ姿がくすくすと笑う。

「偶然なんかであるものですか。そもそも私は人の姿を映したからといって、必ずしも姿を借り受けるわけではないのよ？」

伸ばしていた左手で、雲外鏡は紫の胸を指さした。

「だって、あなたが望んだんじゃない、紫」

「そんなこと――」

望んだ覚えはない、と首を振ろうとした紫をさえぎって雲外鏡は言い切る。

「いいえ。望んだじゃない。嘘つきな自分から解放されたい、って」

紫の目が揺れて、唇がわななないた。そんな彼女を慈《いつく》しむように雲外鏡は目を細める。

「あなたは、これ以上嘘をつくのに疲れてしまっていたから」

雲外鏡の言葉は、紫以上に紫の真実を明らかにする。

今の雲外鏡は紫の身も心も映し出した「紫自身」であると同時に、己に嘘をつくということをしない怪異だ。知っていることを躊躇《ちゅうちょ》なく暴いていく。

「ほんの少しの間――四六時中両親といっしょにいるこの別荘にいる間だけでいいから、嘘つきな『両親の望むいい子な自分』から解放されたかったのよね？」

紫は何も言い返さない。伏せたまぶたの奥で黒目を揺らして、何かに耐えるように唇を軽く噛《か》んでいる。

紫は息を吐くように嘘をつく。

その嘘は、決して人を傷つけるためのものではない。相手の望む「三橋紫」であるための方便だ。

おそらく、始まりは忙しい両親に心配をかけまいと「いい子」を演じたこと。自分のわがままを呑み込んで、望まれる言葉を察知して吐いた。

紫は自ら望んでそうしたのだろうけれど、やがて、過ぎた方便は毒になった。

「あなたは、身代わりが欲しかったんでしょう?」

やさしげな表情に反して、雲外鏡の言葉には容赦《ようしゃ》がない。

「あなたがやるはずだったこと――だけどあなたがやりたくなかったことをやってくれる『自分』が」

普通ならば、そんな都合のいい願いはかなわない。だけれど、幸か不幸かここには怪異がいた。

「私になら、それができた」

にっこりと雲外鏡が笑う。

「私になら、完璧《かんぺき》にあなたを映しとれた」

紫と寸分たがわぬ顔を、花のようにほころばせる。

「あなたの両親が望む、いいえ、あなた自身が他者から見られたい『いい子の紫』になることなんて簡単よ」

その証拠に入れ替わっていても誰も気づかなかったでしょう、と告げられ、紫はびくりと肩を震わす。

「だって私はあなたが望んだあなた自身なんだもの」

ね、と雲外鏡は紫の顔をのぞきこんだ。

紫のことをよく理解している美園と康が紫と雲外鏡の入れ替わりに気づけなかったのは、それを紫が望んでいなかったから。紫自身が心のどこかで美園と康にすら「いい子」の自分を見てもらいたいと望んでいたから。

反対に、今回の滞在で一回絢花と美知留の前に現れた雲外鏡が入れ替わりを保てなかったのは、紫自身が千歳たちに「普段の自分」以外の姿を見せたくないと望んだからかもしれない。

千歳が絢花と美知留に真魚寺とは関係のない自分だけを知っていてほしいと思っているように、紫もいくつもある仮面を使い分けている。

それは人間にとって当たり前で、同時に紫はすこし上手にやりすぎた。

「ねえ、紫」

甘やかすようなやわらかな声で雲外鏡が紫を呼ぶ。

「もしあなたが望むなら、私はどんなあなたにだってなってみせるし、いつだってあなたの身代わりになってあげる」

今の雲外鏡には制限がかかっている。紫のうつし身となれるのはこの三橋家の別荘の敷地内だけだし、映せる姿も紫の「よそゆき」だけだ。

でも、もし、それ以上を紫自身が望むのであれば――。

はっと目を開いた紫が雲外鏡を見つめる。こくり、とちいさく彼女の喉《のど》が上下した。

紫の持つ仮面はたくさんある。将来家を継ぐことを期待される「資産家令嬢」としての顔に、会社の「広告塔」としての顔、両親に見せる「いい子」の顔や一方的に紫を見知って近づいてくる相手に向ける「当たり障《さわ》りのない」顔――それに千歳たちに見せている「学生」としての顔すらもしかすると素顔の彼女からは程遠いのかもしれない。

そのうちのいくつが、紫にとって無理なく過ごせる姿なのだろう。

何かを迷うように紫の唇が数回開閉する。結局唇は引き結ばれ、困ったように雲外鏡を見つめた。

「紫」

それを見届けて、千歳は改めて彼女を依頼主として呼ぶ。

「もうひとつの依頼を果たすよ」

千歳が依頼されたことはふたつ。最初のひとつはもう済んだ。残っているのは「雲外鏡に紫の真似《まね》をやめさせる」というものだけだ。

「雲外鏡から姿をとりあげるのはたぶん簡単」

　真魚寺の力を使うまでもない。

「それは、紫が望んだからその姿でそこにいる」

　雲外鏡自身も先ほどそう言った。

「つまり――」

「私が望まなければ、私の姿で存在することができない？」

　先を引き取ってつぶやいた紫にうなずいてみせる。

「そんな、簡単なことで……？」

　呆然《ぼうぜん》とする紫に、雲外鏡がほほえむ。

「ええ。私はそういうモノなの」

　その笑みは自然で、危機感も焦燥《しょうそう》感もにじんではいない。

「もう、私は必要ない？」

　問いかけられ、紫は立ち尽くした。

　ここでうなずくことは、自分が無意識下で望んできた身代わりを手放すことだ。これまで雲外鏡が肩代わりしてきた嘘をすべて自分が引き受けることだ。

　進むもとどまるも、紫の選択次第。

　雲外鏡に姿を与えたのは紫自身。そこに潜む「逃げ出したい」という願望に気づいたから、千歳はふたつめの依頼の遂行を迷った。

自分の姿を取り戻したい。

自分の身代わりが欲しい。

自分に嘘をつく紫の、どちらが本当の願いなのか、と。

耳が痛くなりそうな沈黙の向こうに静かな波の音が聞こえる、と千歳が気づいたころ、紫はちいさくうなずいた。

「……うん」

くしゃり、と顔をゆがめて、泣きそうな顔で笑う。

「今まで、ありがとう」

雲外鏡は笑みを深める。

「礼には及ばないわ」

そっと自分の胸に手を当て、穏やかな口調で告げる。

「だって、私はそういうモノだもの」

別に雲外鏡は紫を助けるために彼女の身代わりをしていたわけではない。ただ、そういうあり方の怪異だったというだけ。

「それでも、ありがとう」

繰り返し告げられ、雲外鏡は困ったような笑みを浮かべて肩をすくめた。

紫にとって、雲外鏡にとってかわられていた別荘での時間は、孤独であると同時に飾ることのない自分でいられた安息の時だったのだろう。

ふわり、と雲外鏡の全身を包んでいたほのかな光が強くなる。紫の姿を形作っていた輪《りん》郭《かく》が揺らいでいく。

紫が望まなくなった今、もう雲外鏡は彼女の形を保っていられない。

それを硬い表情で紫は見つめ続けた。

「そうだわ」

思い出したように雲外鏡が声を上げた。夢の中で会話しているようなふわふわとした音だったけれど、まだかろうじて聞き取れる。

「ねえ、紫。私、あなたになってずっと感じていたのだけれど、あなたってとても愛されてるのね」

話しているうちにも、その声はどんどん曖昧《あいまい》に、かすかに薄れていく。

「きっと、少しぐらい違うあなたになっても、周りの愛は変わらないわ」

言葉の最後は、もうほとんど聞き取れなかった。かわりに、雲外鏡が笑ったことだけが気配で伝わってきた。

人型だった輪郭もぐにゃぐにゃと崩れ、ただの光のかたまりになり、それもふっと消え失せる。

雨戸の隙間《すきま》から差し込むわずかな月明かりしか光源のなくなった室内で、目が暗闇になれるまで千歳と紫は立ち尽くした。うっすら周囲が見えるようになったところで、さきほどまで紫のうつし身の立っていた畳《たたみ》の上にあの鏡箱の中にあったはずの金属鏡が落ちているのに気づく。

顔を伏せるように、鏡面を下にして。

近寄った紫は、模様の彫り込まれた背面をそっとなでてから拾い上げた。のぞき込むことはせず、ぎゅっと胸に抱きかかえる。

何も口にすることなく、彼女はただしばらくそうしていた。

帰りの車の中は、疲れからか全員が寝息を立てることとなった。

滑らかな運転でひとりずつ家まで運ばれ、別れの挨拶《あいさつ》と紫への礼を述べて降りていく。

家の位置の関係で最後に降りることになった千歳は、実家ではなく灯の家の近くの公園で降ろしてもらうことにした。

「報酬《ほうしゅう》、本当にそれでよかったの？」

車を降りようとする千歳に、紫が声をかけてくる。「それ」というのは千歳がもともと持ってきたボストンバッグとは別に手にしている紙袋だ。中にはあの鏡箱——と、もちろん中身——が入っている。

「うん。それに紫のところの別荘に置いておいてまた何かあっても面倒だし」

笑ってうなずくと、「またね」と手を振って車を降りる。

運転手がドアを閉めようとしたところで、紫が身を乗り出した。

「千歳」

彼女らしくない硬い表情。

一瞬、もしかしたら「もう近づかないで」と言われるのではないか、と身構えてしまう。

今回の決着はそれほどひどい結果だとは思えなかったけれど、人の心のうちは読み切れるものではない。

それでも、その危惧《きぐ》は裏切られた。

「また、いっしょに出かけよう」

おそらく緊張でぎこちなく顔をゆがませながら、紫は笑った。

「今度はなんの気がかりもない状態で、ただの旅行に」

その笑顔は、彼女が普段自然と装《よそお》っているものより無様《ぶざま》だったけれど——きっと限りなく素顔に近いものだとわかったから。

「うん、また」

千歳もそう言って笑い返した。

五　乙女、思わぬ横やりを入れられるのこと

灯の家までのわずかな道行きには、人気《ひとけ》がなかった。夏の夕刻前、こんな暑い時間に出歩く人間は少ないということか。

車の中は空調が効いていたから、まさに天国と地獄だ。額から流れ落ちる汗を拭《ぬぐ》いながら、千歳は手にしている紙袋に向かって話しかけた。

「ねえ、うーくん」

ぴくりとも反応がないので、紙袋をがっさがっさと揺らしてもう一度「ねえってば」と呼びかける。

ふっと手にしている紙袋——金属鏡と木箱なのでそれなりの重量感があった——が軽くなり、箱がかたかたと震えると隙間《すきま》が空いて、中から一羽の雀《すずめ》が顔をのぞかせる。

「なんだ、その『うーくん』というのは。まさかとは思うが吾《おれ》のことなのか？」

不機嫌な少年の声が雀のくちばしから漏《も》れた。

「え、何その姿かわいい」

質問に答えない千歳にいらだったらしく、雀は飛び上がると千歳の頭頂に着地してつむじをつついた。

「あ、痛い。そうだよ、雲外鏡だから『うーくん』。安直でわかりやすいネーミングでしょ?」

「安直だと己で認めるのか」

あきれた声音《こわね》で言うと、雲外鏡が化けた雀は頭の上で落ち着くと「それで」と問いかけた。

「なんの用で呼んだんだ」

なんだかんだ付き合いのいい怪異だ。

「あのさ、うーくん」

「その呼び名、どうにかならんのか」

どうして千歳の付ける呼び名は怪異たちに不評なのだ。むっとしながらも、異議は認めず話を進める。

「もし紫がこれから先もうーくんを身代わりにすることを、ううん、もともと以上にうーくんに自分の代わりをしてもらうことを望んでいたら、どうなってた?」

「連呼するな」

ぶちぶち文句を言いながらも、雲外鏡は平坦な声で答えた。

「一時的に、ならともかく、恒常的に吾が紫の大部分を担《にな》うようになっていたならば、真偽が逆転していたであろうな」

「つまり？」

「もともとの紫が怪異のような存在の怪しいものとなり、吾のほうが紫として存在を確立することになっていた」

紫の姿を映していた雲外鏡は、紫そのものだった。この世に存在している比重が逆転すれば、真偽すらも容易に反転しかねなかった。

あの夜、紫が雲外鏡のやさしげな提案を受け入れていたならば、きっとそうなっていた。

「あっぶないところだった」

そうつぶやいた千歳の頭の上で、雲外鏡は鼻を鳴らす。

「心にもないことを言う」

「ん？」

こちらをなじるような響きに、千歳は視線を頭上に向けた。残念ながら、自分の頭の上に座るちいさな姿はとらえられなかったけれど。

「お前は知っていた、否、感づいていたはずだ。もし紫が吾を残すことを選んだ場合の結末を」

たすたす、と軽く足で蹴《け》りつけられる。

「そのくせ、それを口にせず、紫に選ばせた」

先ほどの平坦な声とはまったく違う、過分に感情のこもった声で雲外鏡は千歳をなじり続ける。

「吾などよりずっとたちが悪い」

「失礼な」

そこまで言われ、さすがに千歳も声を上げる。

「本当にそうなりそうだったら忠告くらいしたよ。そっちこそ、もし紫が自分を残すことを選んだら疑問もなく彼女に成り代わってたくせに」

「ぐぅ」

事実をついてやれば、雲外鏡はもごもごと言い訳めいたことを口にする。

「吾はそういうモノだ。だが、お前は違う。紫と同じヒトであろうが」

一歩間違えれば紫の存在をあやうくしていたくせに、雲外鏡は紫に思い入れがあったらしい。

こうやって千歳に憤《いきどお》っていることもそうだし、浜辺にいた千歳に合図を送って自分の本体にたどりつけるように謀《たばか》りもした。

不思議だと心底思う。

雲外鏡には本体である鏡以外、己の姿がない。だから、この雀の姿も、少年の声も、口調も、性格すらも、すべていつかどこかで映しとったものにすぎない。それでも、ここには確かにひとつの意識があるのだ。

「同じヒト、って言うけれど、私たちヒトはひとりひとり結構違うんだよ」

たぶんわからないだろうな、と思いながらも口にする。

「価値観も、そのうえで下す選択も、ぜんぜん違う」

案《あん》の定《じょう》、頭上の雲外鏡は「なんだそれは」とぼやく。

雲外鏡の中では怪異としてのあり方に従うことと、紫を危険にさらす千歳に怒ることは矛盾《むじゅん》なく並立している。

千歳には理解しがたいことだけれど、怪異たちからしてみれば同じ種族でありながら多種多様なあり方をしている人間のほうが奇怪らしい。

「未来をすべて捨てても今の自分の安楽を選ぶっていうなら、それは本人の選択で、私にはどうこう言えないよ」

もし紫が千歳の忠告を聞いた上で、それでも自分の存在を捨ててまで雲外鏡に身代わりを願ったとしたら、千歳はさびしいけれどその選択を受け入れただろう。

「でも、紫はきっとぜんぶ自分で引き受けるほうを選ぶって思ってたし」

確信、と呼べるほどのものではなかったが、なんとなくそうなる予感はしていた。

紫の答えは、いまだ何も決められていない千歳とは違って、たぶん最初から決まっていた。

もう、彼女にとっての「嘘つきな自分」も、「素顔の自分」も、ひとりで抱えられるようになったから——誰かに背負ってもらわなくても潰れない時が来たから、紫は別荘の怪異に向き合うことを決めたのだ。きっと。

やっぱり、千歳と紫は違う。

「……だからさ、きっと私に必要なのも、覚悟なんだよね、たぶん」

ため息まじりにつぶやいて、千歳はたどり着いた灯の家を見上げる。

自分と青行灯の間に生まれてしまったぎこちなさ。それをどうすればいいのか、千歳にはまだ何も決められないでいる。

それでも、逃げ回っていては何も解決しないことだけは確かなのだと腹をくくる。

少しだけ緊張しながら、あいかわらず鍵《かぎ》のかかっていない玄関の引き戸を開けて家へと上がり込んだ。

「あーちゃん、いる?」

玄関わきの仕事部屋にはいない。だったら、と玄関から近い順番に彼のいそうなところをのぞいていく。

ひょろりとした見慣れた姿は、庭に面した縁側——仕事をせずだらけているときの彼の定位置——にあった。

着流し姿で庭を眺めるように横たわり、片手に持ったうちわで緩《ゆる》く自分をあおぎながら、反対の手で頬杖《ほおづえ》をついている。

「あーちゃん」

千歳の呼びかけに振り返り、黒縁眼鏡《くろぶちめがね》の奥の眠そうな目をさらに細める。

「おかえり、ちーちゃん」

やわらかい声も、いつもどおり。

彼の姿を目にした雲外鏡が、ぱたぱたと羽ばたいて千歳の頭から肩へと移動してきた。

「お前、吾《おれ》が言うのもなんだが、やたらと吾たちを身近に置くのは――」

雲外鏡は映したものの本質を見抜く。その目には目の前にいるのが人に化けた怪異であることなど一目でお見通しなのだろう。だが、問題はそんなことではない。

「おい、どうしたんだ？」

千歳の顔をのぞき込んだ雲外鏡が、ぎょっとしたように身体《からだ》を震わせた。

千歳には今の自分がどんな顔をしているかわからない。それでも、おそらく、ひどく強《こわ》ばった表情になっていることだけは確かだろう。もしかしたら、殺気すら目に浮かんでいるかもしれない。

「お前は誰」

低く、固い声で目の前の姿に誰何《すいか》する。

「あーちゃんはどこ」

背丈に対して筋肉の少なそうなひょろりとした姿も、「昼行灯」と呼びたくなる雰囲気《ふんいき》も、こちらを穏やかに見つめる目つきも、ぜんぶぜんぶ前のままだ。

でも、違う。

目の前のこれは、千歳の知っている、ずっといっしょだったあの青行灯ではない。

違和感なんてものじゃない。吐き気がするくらい、腸《はらわた》が煮えくり返るくらい、目の前のそれが許せない。

手にしていたボストンバッグと鏡箱の入った袋を床におろすと、千歳はずんずんとそれに近寄った。

怒りくるう千歳に見下ろされ、それはうちわを置くと、けだるげな様子で立ち上がる。

「一目で見抜かれるとは思わなかった」

へらり、と笑うと同時に、その姿は青い炎に包まれ、本性をあらわにする。

着流し姿はそのままに、全身は青い燐光《りんこう》に包まれ、開いた目はらんらんと青く輝き、額にちいさな象牙《ぞうげ》色の角《つの》が現れる。千歳の知る青行灯と顔立ちや体型は似ているが、それの黒髪は少しばかり長く、角も額のてっぺんにひとつではなく、両こめかみに一本ずつの計二本が生えていた。

「さすが真魚寺の裔《すえ》。目がいいね」

集英社 〒101-8050 東京都千代田区一ツ橋2-5-10 ※表示価格は本体価格です。別途、消費税が加算されます。

eコバルト文庫

電子オリジナル作品 新刊案内

11月刊
11月29日配信

【毎月最終金曜日頃配信】 cobalt.shueisha.co.jp @suchan_cobalt

コバルト文庫の電子書籍・続々配信中! 詳しくはe!集英社(ebooks.shueisha.co.jp)をご覧ください

雪国でも最弱が最強!? シリーズ第3弾!

うちの殿下改め陛下は世間知らずなのに一生懸命で目が離せない素晴らしい女性《ひと》です

最弱女王の外遊

Fuyu Akito
秋杜フユ
イラスト/明咲トウル

人と似て非なる「亜種」の国。稀少なまでの脆弱さゆえに全国民から愛される女王セラフィーナには、見目麗しく屈強で頭脳明晰な複数の夫候補がいた。その中の一人ハウエルの故国を訪れた一行は、息子の帰郷に喜ぶ女王の歓迎を受ける。だがセラフィーナが事件に巻き込まれ!?

最弱王女シリーズ 既刊2巻 好評発売中
【電子書籍版も好評配信中】

デコボコ英日バディの退魔ミステリー!

青灰と月虹のスペクトル

～昴・ノア・リードルウィンの奇態事件簿～

Misaki Kita

希多美咲

イラスト／高世ナオキ

闇に堕ちた神や霊の成れの果てである『荒御霊《あらみたま》』を封じる天ヶ瀬《あまがせ》家。その血を引く英国生まれの昴《すばる》は、訳あって祖母が捨てた祖国・日本にやってきた。到着早々、人里離れた山の中へ案内されるとそこには『荒御霊』と戦う少年の姿が。窮地に陥った少年を呪符で助けるが、彼は天ヶ瀬家の次期当主で…。

2019年12月の新刊 **12月20日配信予定**

ちょー東ゥ京4 ～カンラン先生とクジ君のクリスマス～	野梨原花南	イラスト／ 宮城とおこ

そして何より、本性の時には不愛想だった彼とは違い、目の前のそれはへらへらと笑っている。

「初めまして、真魚寺千歳。私の名は夜半《よわ》。御覧の通りの青行灯だ」

芝居がかったしぐさで両手を広げてから、片手を胸に当てて仰々《ぎょうぎょう》しいお辞儀《じぎ》をしてみせる。

「前任者から君との契約を引き継いだ。以後お見知りおきを」

「あーちゃんはどこ」

座った目でにらみつけて再度問いかけると、夜半と名乗った青行灯は困ったように首をかしげた。

「君、実は話を聞かない子だね？」

ひょうひょうとした、こちらを小馬鹿にした態度にいらだって、千歳は夜半に向かって手を伸ばした。

このまま消してやろうか。

いつになく短絡的にそう判断したのだが、彼はひょいっと身をひるがえして千歳の手から逃れる。

「おっと。私を殺すのは推奨《すいしょう》できない。それは君にとっても害になるからね」

諭《さと》すような口ぶりにいらだちが増す。

「契約の一方的な破棄はためにならないよ?」

「さっきから何を言っているの」

青行灯は千歳を「野獣とは違う」と揶揄《やゆ》したけれど、やっぱり自分は獣かもしれない。気を抜いたらぐるぐる喉《のど》を鳴らして目の前の怪異の喉笛に嚙《か》みついてしまいそうだ。

「私が契約したのはあーちゃん。お前なんて知らない」

「違うよ」

夜半は言い含めるようにゆっくり首を振った。

「君はひとりの青行灯と契約を交わした。契約の内容は君の精気を対価に、君の望むときにはそばにいて守り役を務めること」

ぽん、と彼が手を打つと、その姿は瞬時に「青原灯《あおはら》」のものになる。

「『青原灯』というのは、この『ヒトの姿』を示す名前であって、ここにいた同族を示す名前ではないし、『あーちゃん』というのは、この姿に対する愛称だろう?」

「やめろ。その姿はお前のものじゃない」

うなれば、夜半は瞬時に元の姿へと戻る。

「つまり、名前を持たない、特定されない青行灯であるあの子は、他の青行灯と代替《だいたい》可能な存在だ」

「ちがう」

違わないさ、と夜半は笑う。

「ちがう！」

千歳は大きく頭を振った。

「あーちゃん！」

呼んでも、彼は現れない。

「あーちゃんってば！」

身に着けていたショルダーバッグにぶら下がる、あのＧＰＳもどきを握りしめて、可能な限りの大声で呼ぶ。

「あーちゃん！　あーちゃん！　あーちゃん！」

何度呼んでみても、答えはない。

膝から力が抜けて、その場にへたり込む。

「………青行灯」

お望みの通りに種族の名前で呼んでやっても、目の前にあの見慣れた青は灯らない。

「なんで……？　呼べって、そう言ったくせに」

嘘つきばかばかばか。ののしってみても、相手がいなければむなしいばかりだ。

うつむいた千歳と目を合わせるために、夜半はしゃがみこんでこちらの顔をのぞき込んできた。

「そんなにも私では不満だというのならば仕方ない」

憐《あわ》れむような声に、千歳ははっと顔を上げた。次の瞬間、そんな自分を――少しでも希望を抱いてしまった自分を張り倒したくなる。

「契約を解消しようか」

満面の笑みで夜半はそう言った。

「正式に君がそれを求めるのならば、私もそれに同意する」

両者同意の上での円満な解消だ、と。

まるでそれですべてが解決する、と言わんばかりの彼の様子に、どんな呪詛《じゅそ》を並べ立てても間に合わないほどの憎しみが湧く。

「やだ」

反射的に言い返すと、夜半は困ったように首をかしげる。

「でも、私じゃあ嫌なんでしょう？」

「あーちゃん以外いや」

はっきりきっぱり言い放つと、彼はますます困ったように眉《まゆ》を下げる。

「なんでそんなわがままを言うの」

「私にとっての契約相手はあーちゃんだけだからだよ」

誰が何と言おうと、千歳にとって契約相手はあの青行灯ひとりだけだ。誰にとって代替可能だろうが、千歳にとってだけはそうではない。

それに、青行灯だって言っていたのに。「私以外に喰われたりなぞしたら承知しない」と。

はーっ、と深いため息をこぼし、夜半は「まいったなぁ」とぼやく。

「そもそも、あの子自体君にとっては代替品だったじゃないか、真魚寺千歳」

あの子で代わりになったのなら、そこの雀でも構わないだろうに。

千歳の肩にとまったままだった雲外鏡を指差し、「だめなの？」と問いかけてきた相手を思い切りにらみ返す。

「強情な子だねぇ」

やれやれ、と肩を落としてから、夜半はあきらめまじりの口調でぼやいた。

「しかたない。これは最終手段だったんだけどねぇ」

すっと彼の手が千歳の目元へ伸びてきた。反射的につむったまぶたの上を、指先の感触が軽くなでる。

「これで〝目隠し〟は弱まった。目のいい君ならこれで充分だろう」

「何を——？」

満足げな夜半の声に千歳は目を開いた。相手をにらもうとしたというのに、視界はかすみ、その上明るすぎて何も見えない。

何が大丈夫なのかと怒鳴り返そうとしたのに、それよりも先にぽんぽんと頭を軽く叩かれる。

「ああ。しばらくすれば落ち着くよ。大丈夫」

「何これ」


まるで幼子をなだめるように。

思えば、彼はずっと千歳を聞き分けのない子どものように扱っていた。

「君が本当に失いたくなかったものは、形こそ変わったけれど、今もそばにあり続けてい
る」

耳元でささやかれ、言葉の意味を理解するのが一拍遅れた。

「え」

それはどういうこと。そう訊ね返すより先に、彼は自分の言いたいことだけを告げた。

「それでも、代替品だったあの子がまだ必要?」

よく考えて。

そこまで口にした夜半は身体を起こしたらしい。声が遠くなる。

「気が変わったら私を呼んで。いつでも契約解消に応じるよ」

笑みと若干《じゃっかん》の憐れみを含んだ声に、これ以上はないと思っていた怒りに油が注がれた気
がした。

どんなに千歳がごねようとも、こちらに選べる選択肢《し》はそれだけなのだと上から言い聞かせられているみたいで。

「ははっ、怖い怖い。まるで火の球みたいだ」

そんな千歳の雰囲気《ふんいき》を感じとったらしい夜半が声をたてて笑った。明らかに怖がってなどいない。

「そういうところ、あの子は気に入ったのかなぁ」

ひとりつぶやくように付け加え、「でもねぇ」と続ける。

「私は癇癪玉《かんしゃくだま》のお守りなんてごめんなんだ。悪いが後はお任せするよ」

「？」

お任せする？　と彼の言葉に引っかかっている間に、じゃあね、という言葉を最後に、目の前にあった気配が消えうせる。

「ちょっと！」

声を張り上げても、何の反応も返ってこない。

その代わりに――。

「誰だ？」

肩の上に止まったままだった雲外鏡の誰何《すいか》の声と、背後からしたわずかな物音に千歳は身をひるがえした。

わずかに視界が戻ってきている。明るすぎて白一色だった世界に陰影が、瞬きを繰り返している間に色彩もにじむように戻ってきた。

それはいいのだが。

「……百瀬《ももせ》？」

振り返った先、部屋の入り口に立っていたのは、真魚寺家の有能な家政婦にして年齢不詳の美女、百瀬だった。

「え。どうして、ここに――」

混乱する千歳に向かって、彼女はいつものようにやわらかく笑う。

「お迎えに来たんですよ」

そう。彼女のエプロンをつけた姿も、慈愛《じあい》に満ちた笑顔も、おだやかな口調も、すべてはいつもどおりだったのに、改めて彼女を見つめた千歳の視界は激しくぶれた。

ひとりのはずの百瀬の姿が、幾重にも重なって見える。

何がしばらくすれば落ち着くだ、とやはり部屋から消え失せていた夜半に向かって口の中で文句を吐き捨てたところで、千歳は気づいた。

違う。

違うのだ。

視界がぶれたのではない。百瀬の背後の景色も視線を落とした自分のてのひらもちゃんとひとつに見えている。百瀬の姿だけが幾重にもぶれている。

いや。それも違う。

気づいた事実に、千歳は凍りついた。

「……っ」

かちり、と何かが噛《か》み合うような感覚がして、自分の見ている「事実」がじんわりと脳へと浸透していく。

百瀬の姿はぶれているのではない。

実体として目の前に立っている百瀬に重なって、十、二十——何十、もしかしたらそれ以上の、別々の人物の姿が半透明に重なって見えているのだ。

意識をこらせば、ひとりひとりの顔がはっきりと見てとれる。

その中に、見知った姿を見つけて息が詰まる。ふるり、と身体《からだ》が自然と震えた。

慕《した》わしい、もう写真の中でしか見ることはないと思っていた人。

記憶にあるよりもずっと若い姿。おそらく二十代くらいに見える。それでも面影《おもかげ》がはっきりあるから、見間違えるはずもない。

「おばあちゃん」

千歳の呼びかけに、その透けた人影は困ったように笑った。

懐かしさと歓喜と疑問と衝撃とで胸の内はぐちゃぐちゃで、はくはくと口を開閉させることしかできない。

「完全に封じが解けてしまっているじゃないですか。あの恩知らずめ、余計なきっかけを与えましたね、これは」

そんな千歳の様子を見ていた百瀬がぼやく。

「封じなおせるかしら」

うーん、と首をかしげながら近づいてきた彼女は、ほっそりとした腕を伸ばして先ほど夜半がしたように千歳のまぶたに触れようとした。

その手を、反射的にはじく。

「どういうことなの?」

一歩、二歩とよたよた後ずさる千歳を困ったように見つめ、百瀬は目を細める。

「お話するつもりはありませんよ」

その言葉に、もどかしい、胸をかきむしりたくなるような感覚が込み上げてきた。

また千歳は隠される。

ただの守られる存在であるために。

「――昔、蔵で」

言葉がこぼれた。

言葉が先か、記憶が先か、ほとんど同時にあふれていく。

「あなたに会ったことがある」

「思い出してしまったんですね」

三歩ほど離れた先で、百瀬が悲しげに笑っている。

そう。思い出した。

『忘れてちょうだい、千歳。あなたは〝真魚寺の裔《すえ》〟であって〝真魚寺の娘〟ではなくなったのだから』

あの言葉とともに、自分は忘れてしまっていた。

でも、今度は──。

「あなたは、だれ」

忘れない。忘れさせない。

「あなたたちは、なに」

一歩踏み出して、千歳は訊ねる。

『君が本当に失いたくなかったものは、形こそ変わったけれど、今もそばにあり続けている』

夜半の言葉がよみがえる。

十三年前の夜、千歳は祖母を失って、青い化け物に出会った。

そして今日、千歳は青い化け物を奪われて、目隠しされ続けていた「何か」と対峙《たいじ》している。

もう嫌だ。

一瞬でも目を離せば、当たり前にあると思っていたものは簡単に手をすり抜けていってしまう。

だから今度は、もう逃げない。

目をそらさないし、奪わせない。

「教えて」

強い調子で告げた千歳に、百瀬は深いため息をこぼした。

「少し、長い話になりますよ」

まどろみの願い

『あーちゃん』

遠くで、そう呼ばれているのを感じる。

仮初《かりそめ》の名前の、そのまた愛称なんて、感知できなくてもおかしくはないのに、耳元で鈴が鳴るような軽やかさでその声は青行灯《あおあんどん》のもとへ届く。

せわしなくキーボードへ走らせていた指先を思わず止める。

『ばか』

ついでにこぼされた貶《けな》し言葉まで届き、青行灯はふんと鼻を鳴らした。

「馬鹿はどちらだ」

人間の姿を装《よそお》っているのに、つい本性の性格のままに口走ってしまう。

その声の主が望んだとき、もしくはその身に危険が及んだとき、自分は彼女のもとへ馳《は》せ参じなくてはならない。

そういう契約を結んでいるのだから、本当に呼びつけたければ自分の種族としての名を呼べばいいというのに、あの娘はそうしない。どうしてだか、かたくなに「あーちゃん」となんの価値もない名前を呼ぶ。

十三年共にいても、いまだにあの生き物は理解不能だ。

「楽しそうだねぇ」

突然部屋の中に響いた声に、振り返る。

ここは自分の家――という暗示を周囲にかけて居座っている契約主一族の持ち家――で、現在居住しているのは自分だけ、勝手に出入りする契約主は遠方地へ旅行中だ。だが、その声には聞き覚えがある。

　案《あん》の定《じょう》振り返った先、部屋の出入り口のすぐ脇に立っていたのは見知った姿だった。同時に、ここに現れるとは思っていなかった姿でもあった。

　白の小袖《こそで》と群青《ぐんじょう》の袴《はかま》をまとった全身は青い燐光《りんこう》に包まれ、こめかみから象牙《ぞうげ》色の角《つの》をはやしている。青く光る目でこちらを眺めている姿は、自分の本性の姿によく似ている。

　当たり前だ。彼は同族――それも青行灯が知る限り同族内で唯一の「名前持ち」だった。

「夜半《よわ》」

　青行灯の呼びかけに、彼は「やあ」と手を挙げた。

「しばらく姿を見ないと思ったら、こんなところで何してるんだい」

　あきれたような、同時にどこか面白がっているような口ぶりで言って、夜半は物珍しそうに青行灯の仕事部屋を見回した。

「あり方を外れてずいぶん好き勝手をしているものがいる、ってお節介な化生《けしょう》がご注進《ちゅうしん》を寄こしてさ、様子を見にきたんだけれど。やっぱり君だったんだねぇ」

　物珍しげにきょろきょろとしながらも、青行灯に向かって歩み寄ってくる。

「君は名前なしのくせに昔からちょっと変わってたからなぁ」

腰をかがめ、座ったままのこちらの目をのぞき込むと、彼は軽く眉《まゆ》を寄せた。

「あぁもう。間に合ってよかったけど」

困るなぁ、と片手を腰に当て、反対の手の指先でぴんっと青行灯の額をはじく。

「おいたはここまでだよ」

自分がいつ生じたのかなど知らないし、知ろうともしたことのない青行灯だが、自分よりも夜半が長く存在してきたことは知っている。おそらく彼は、同族内でも一、二を争う長生きだ。力の面でも、「名前持ち」である彼は別格だった。

そのせいか、彼はいつだって周囲の同族を幼子のように扱う。事実、契約主から精気の供給を受けて実体を得ている今の青行灯であっても、「名前持ち」の夜半にはおそらくかなわない。

「あとは私が引き継ぐ。悪いようにはしない。だから君は帰りなさい」

帰る。その言葉に突然の同族の来訪に混乱していた頭が一気に醒《さ》める。

「私は――」

「だめだよ。君はヒトの子の一生に付き合うくらいは問題ないと判断していたのかもしれないけど」

子どもの口答えをさえぎるように、夜半はきっぱりと首を横に振った。

「このあたりが引き際だ。これ以上は君のためにならないし、私はそれを見逃せない」

さあ、と彼の手が肩を叩く。ぽん、とほとんど触れるだけの衝撃を合図に、意識はあっさりと遠ざかった。

「帰ってまどろめば、何もかも元通りだ」

帰る。あの、なじみ深かったはずの、すべてのあわいへ。意識も、存在も、何もかもおぼろげな場所へ。

本来の青行灯は、そういう存在だった。

あの、この世でもあの世でもない、どこでもない場所でまどろみ、百物語を遂《と》げた人間がいたときにだけこの世に現れ、その人間の恐怖の記憶と多少の精気をいただく存在。

ただ、それだけの存在。

ゆるり、と自分の輪郭《りんかく》がほどけていくのを感じる。いつもなら、それはあまりに自然なことで、簡単に身をゆだねられる感覚だったのに――。

『あーちゃん』

ぼんやりと霞《かすみ》がかっていく記憶の中、少女がこちらを向いてそう呼ぶ。

笑顔で、怒り顔で、すねた顔で、泣きそうな顔で――ありとあらゆる表情をうかべて、まだ幼い丸々とした頬《ほお》の頃からあと少しで花開く乙女《おとめ》の顔で、同じ少女が何度も何度も名前とも呼べぬ名を呼ぶ。

ふ、と彼女と契約を交わした直後のことを思い出す。

『あなたはわたしのものになったんだから、かってにどっかにいったらだめなんだから。ずっとずっと、いっしょなんだから』

あの娘は、彼女にできる限りの重々しさで言い放った。

どこか滑稽《こっけい》な、おままごとのようなその宣言に、それでも青行灯はうなずいた。娘が契約内容を守る限り、こちらも破るつもりはなかったから。

自分が消えたら、娘は泣くだろうか、怒るだろうか、それとも自分と夜半が入れ替わったことに気づかないだろうか。

その予想はどれも、どこかおもしろくなかった。

一　乙女、もやもやするのこと

千歳《ちとせ》はうたたねが好きだ。

日の差し込まないぎりぎりの場所で、ひんやりとした、でも冷たいというほどではない畳《たたみ》の上に寝転がって、どこか遠くで家人の動き回る気配を感じながらするうたたねは、たまらなく安心できる。

千歳が寝ているのを発見した相手がするめいめいの反応を見るのも好きで、もうほとんど目が覚めていてもついつい狸寝入《たぬきねい》りを決め込んでしまう。

父は千歳の部屋に布団を敷くと黙って抱き上げてそこまで運んでくれるし、母は優しく揺すって起こしてくれる。

兄の千影《ちかげ》はぶつぶつと文句を言いながらも、母よりは少し荒々しく、でも乱暴にはならない程度に揺すってくる。

百瀬《ももせ》は「仕方がないですねぇ」と苦笑しながらも、毛布やタオルケットをかけてくれる。

それから――は、そっと千歳の鼻をつまんで、千歳が息苦しくなって目を開けると、わざとらしくにっこり笑って「おはよう」と言う。

そのどれもが、千歳は胸があたたかくなって好きだった。


「――せさん」

誰かに呼ばれている、と意識が浮上を始める。

「千歳さん」

この声は百瀬だ、と気づくと同時に、あれおかしいな、とぼんやり首をかしげる。

百瀬がこんな風に千歳を起こしに来ることはめったにない。目覚まし時計が故障していたせいで、千歳が起きてこなかった小学校の遠足の朝が記憶にある限り最後だ。

千歳自身寝起きが悪いほうではないから、自分でセットした目覚ましが鳴れば嫌でも目が覚める。

そもそも、いつ寝たんだったか。

「悪い夢でも見ていたんですか？」

細い指がそっと千歳の前髪をかき上げ、目じりを拭うように動く。

「そんなこと、ないと思うけど」

泣いていたのだろうか。

疑問に思いながらも、身を起こす。触れてみれば確かに頬が濡れていたけれど、もう夢の残滓《ざんし》はかけらも残っていない。ただ、ひどく心細いような、さみしいような、そんな気配が胸の片隅に引っかかっている気がした。

まるで、大切な何かを失ってしまったかのような。

「それなら、いいんですけど」

心配するようにこちらをのぞき込んできた百瀬だったが、柱の時計を見て「あら」と柳眉《りゅうび》をひそめる。

「ほらほら、千影さんとの待ち合わせに遅刻しますよ」

今日はご自分で行くとおっしゃったのでしょう、とじれたような声で続けられ、ゆっくり記憶がよみがえった。

ああそうだ。今日は千歳から頼んで兄の仕事に同行させてもらうことになっていた。実業家としての真魚寺《まなでら》ではなく、真魚寺本来の仕事のほうに、である。

「んん。そう、だけど」

そうなんだけど、と千歳は首をかしげる。

自分にしては珍しくまだ寝ぼけているのか、どうしてそんなことになったのか、はっきりと思い出せない。

「ぼーっとしてないでとりあえず起きてください」

お仕事なんですからきちんと身支度《みじたく》整えて、と布団の上から追い立てられる。

冷房を入れっぱなしだった室内の空気はひやりとしていて、朝早くから元気に鳴いている蟬《せみ》の声がどこか遠い場所の出来事みたいだ。

着替えてから顔を洗い、食事の席へ向かう。普段から家族全員が揃《そろ》うことはまれなのだが、やはり今日も父と母の姿はない。もうすでに仕事に出た後なのだろう。

千歳と同じく夏休み中であるはずの兄も、休みだからこそ真魚寺の惣領《そうりよう》息子として精力的に働いているらしく、顔を見ることが普段より少なくなっていた。今日も昨日のうちに父とどこかへ出かけていったきりなので、ここにはいない。

指定された場所で後ほど落ち合う予定である。

「みんな忙しそうだよねぇ」

百瀬の用意してくれた朝食を口に運びながら、千歳はつぶやく。

やたらと家族が勤勉なせいで、家に残ってひとりだらだらしている千歳は身の置き場がない——とそこまで考えたところで自分の思考に違和感を覚える。

そんなこと、いつもは感じていなかった、ような気がする。

自分のそばには、いつだって誰かがいてくれたような、そんな気がする。

「……なんだ、これ」

今ここにいる自分とは違う自分がもうひとりいて、その感覚が流れ込んできているような、変な感じ。

どうしてこんな感覚に襲われるのか、と考えこもうとしたところで、またしても百瀬に声をかけられた。

「本当に遅刻しますよ？」

見れば柱の時計が兄との待ち合わせの時間まで残り三十分を切ったことを示していた。

正直間に合うかどうかの瀬戸際《せとぎわ》だ。

茶碗《ちゃわん》に残っていたご飯をかき込むと、味噌汁で流し込む。

「いってきます！」

「はい、いってらっしゃい」

百瀬がほほえみを浮かべて見送ってくれる。

「危ないことはしないいんですよ」

まるで幼い子どもにでも注意するような口ぶりに文句を返そうとして、彼女にとって自分はどうあがいてもそういうものだったと思いなおす。

彼女は「真魚寺の化生《けしょう》」。

もっとも長く真魚寺を見守ってきたモノ。

真魚寺の家と、その子らの守り役。

自分の知っている情報を脳内で反芻《はんすう》しただけのはずなのに、やはりざわざわと何かが騒ぐ。

「……わかってるよ」

それでも何とか気持ちを切り替えてひらりと手を振ると千歳は家を出た。兄との待ち合わせは最寄り駅の改札だ。

今日はそこから電車にしばらく乗り、依頼主のところへ行くのだという。家の車で迎えに行こうか、と言ったのだが、免許を取りたての千歳の運転では怖すぎる、と断られた。

待ち合わせの時間にやや遅れて到着した千歳は、そのまま千影に急《せ》かされて改札をくぐり、ホームに停まっていた電車に飛び乗った。座席に背を預けて荒い息を落ち着かせる。動きを止めたとたんに汗が噴き出した。車内の空調は普段なら肌寒いくらいだが、今だけはひどく心地いい。

「もう少し余裕をもって行動できないのか」

そんな千歳の様子を、隣に座った千影があきれたような目つきで見下ろしてくる。

間に合ったんだからいいんじゃない、と言い返したいが、まだ息が整わない。むっとした千歳の視線にため息をこぼすと、千影はさっさと仕事の話を切り出した。

「依頼書には目を通したか」

仕事への同行を申し出たときに渡された依頼書は、その名の通り依頼主が真魚寺に仕事を依頼する際に作成したもので、解決してほしい出来事と一連の経緯が記されている。

「……見たよ」

何とかそれだけ返事すると、千影はうなずいてさらに問いかけてくる。

「どう思う」

夏前に仕事へ同行したとき——千歳にとって、少し苦い記憶だ——には「ついてくるだけでいい」と言われ、意見を求められることはなかった。今回はただのコブではなく、仕事のパートナーなのだと実感してしまう。

何回か深呼吸を繰り返し、心臓の激しい鼓動が収まるのを待ってから兄を見上げる。

「状況だけ見れば、神隠し、だと思う」

依頼書は直接真魚寺と面識のある家から来たものではなく、いくつかの紹介を経て届いたものだった。依頼主は古い酒造の当主で、消えてしまった娘を見つけてほしい、という内容だ。

娘、といっても千歳よりも二つ年上の大学生で成人済みだし、通常であればそんなものは警察の領分だ。だが、この話が真魚寺へ持ち込まれたのには、ちゃんと理由がある。

娘は忽然《こつぜん》と消えたのだ。家の敷地内で母親と話していたはずなのに、母親が目を離したほんの一瞬のうちに、煙のように消えてしまった。もちろん家族や酒造の従業員、近所の人々で捜索したが、彼女は見つからなかった。今から十日前のことだ。

しかも、話はそれだけではない。彼女が消えるほんの一週間前にも、彼女の弟が同じように姿をくらましていた。弟のときには一晩で家へ戻ってきたため大きな騒ぎにはならなかったのだが、彼には自分が消えていた間の記憶がなく、気づいたら自分の家の庭に立っていたのだと証言した。

「そうだな」

千影は頭が痛い、と言わんばかりに眉間《みけん》にしわを寄せた。

人が超常の力によってかどわかされることをまとめて「神隠し」と呼ぶが、その原因はさまざまだ。ただ、相手が本当に「神」と呼ばれるようなモノだった場合厄介《やっかい》なことになる。彼らの力は、普段真魚寺が相手にしているようなものたちの比ではない。交渉するにしても、力ずくで取り戻すにしても、こちらにも相応のリスクが生じる。

「でも、今時神さまなんてそうそういるもんじゃないよ?」

かつては彼らの姿を見るものは多かったし、ほとんどの人間が彼らを信じていた。しかし、時代は下り、もはや彼らの存在を感じられるのは千歳たち真魚寺のように特殊な人間だけだ。もはや彼らの声はほとんど届かず、姿は人間の目に映らない。必然人間に及ぼす力は薄れていき、力を伴って「神」を名乗れるモノはほとんどいなくなった。

人間を消し去ってしまえる神なんて、もうどれほど残っているか。

「実際に行ってみればもう少し情報も集まるだろう」

千影も本物の神隠しだと断定しているわけではないらしい。確かに現段階では情報が少なすぎる。

と、そこまで考えたところで、またしても妙な感覚が胸をよぎる。今回のそれは、既知感、と呼ぶのが近い。

以前にも同じようなことを考えた気がする。

その時の千歳は、そこにいるのが「本物の神さま」であることを期待していたような——。

今朝起きたときから、まるで自分が自分でないような感覚に襲われる。手のひらに目を落としても、窓ガラスに映った姿を確認しても、そこにいるのは見慣れた自分でしかないのに、どうしてそんなことを感じてしまうのだろう。

もやもやする。

何かとんでもないことを見逃しているような、そんな焦燥《しょうそう》感がある。

「千歳？」

考えてみても答えは出ず、もやもやをつのらせるばかりの千歳だったが、千影の声で我に返った。

「次の駅で降りるぞ」

いつの間にか、電車は目的地へ到着しようとしていた。

＊＊＊

電話を取った百瀬は、相手の名乗りを聞いたとたん声を荒らげた。

「見つかりましたかっ?」

それに対して、相手は沈んだ声で状況を報告する。曰《いわ》く「昨日と状況は何も変わっていない」と。

「そう、ですか。ええ、こちらにもお戻りではありません」

互いにすると決めていた定時報告以上に話すことはなく、力なくコードレスの子機を充電器へと戻す。

そのまますぐ脇の壁へと背中を預けると、天井を見上げて深いため息をこぼす。

「こっちにも戻ってきてないよ」

のんびりとした声にそちらを見れば、黒縁眼鏡《くろぶちめがね》の奥の眠たげな眼を瞬かせている着流し姿の青年が立っていた。

「……その姿、やめてください」

あからさまに不機嫌さをにじませた声で告げると、相手は軽く肩をすくめた。

「わがままだなぁ」

こいつのふりをしておけって言われたから付き合ってあげてたのに、と文句を言うと同時に、彼の姿は蜃気楼《しんきろう》のように揺らめいた。次の瞬間、その場から猫背《ねこぜ》の青年の姿は消え失せ、代わりに一羽の雀《すずめ》がちょこんと磨《みが》き上げられた廊下《ろうか》の床の上に座り込んでいる。

普通であれば目を疑うような不可思議な現象だが、百瀬は眉《まゆ》ひとつ動かさない。相手が怪異であることは最初から了承していたし、そもそも今の自分だって同じようなものだ。

「それで、どうするのだ？」

先ほどののどかさをたたえた青年の声とは一転して、声変わりも終えていない少年の声で、それに不似合いな固い口調で雀はさえずる。

「どうもできませんよ」

いらだたしさを隠しもせず百瀬は返す。

打つ手がないからこんなにも落ち着かない気分でいるのだ。

「どうして、こんなことに……」

しんと静まり返った家の中に、ちいさなつぶやきのはずの声がやたらと響く。

「危ないことはしないで、って言ったのに」

百瀬たちにとって、大切な大切な子。

千影の仕事に同行した先で彼女が神隠しにあったと連絡があったのは、昨日のことだった。

彼女との間にあるはずのつながりが感じられない。迎えに行くこともできない。

これがもし、あの怪異だったら、と思いかけて、百瀬は首を振る。

幼い千歳が契約を結び、十三年間そばに置き続けた怪異。

あの怪異との契約を継続させることは千歳にとって危険だった。だから、百瀬たちは排除することに決め、実際に遠ざけたのだ。千歳が泣くとわかっていて、それでも。

すべては千歳を守るためだったのに。

「あなたは、千歳のいる場所、わかりませんよね？」

淡い希望にすがるような問いかけに、雀は鼻を鳴らした。

「実物を見ていたなら可能性もあったが、吾《おれ》は偽者しか見ていないからな」

今は雀の姿をとっているが、目の前にいるそれは映したもののすべてを己のものとして再現する「雲外鏡」と呼ばれた怪異だ。

千歳が拾ってきたそれは、現在、千歳の従兄《いとこ》として生活していた件《くだん》の怪異のふりをして過ごしているが、千歳とのつながりまでは引き継げなかったらしい。

はあ、と額を押さえて再びため息をこぼし、百瀬は渋い表情で中空を見やった。

「夜半」

彼には頼りたくなかったが、背に腹はかえられない。

「聞こえているのでしょう。出てらっしゃい」

呼びかければ、薄暗い廊下の宙にふわりと青い炎がともる。その青はふわりと広がると白い小袖《こそで》に群青《ぐんじょう》の袴《はかま》、青く光る目と両のこめかみに角《つの》を一本ずつ持った青年の姿に変化する。青い燐光《りんこう》が彼の全身を包み、神秘的な美しさをかもし出す。

「やあ、お呼びかな、真魚寺の化生《けしょう》」

整った顔立ちにやわらかな笑みを浮かべ、彼は宙に浮いたまま呼びかけてくる。

「千歳がどこにいるのか知っていたら、教えてちょうだい」

開口一番切り出すと、彼は楽しげに目を細めて首をかしげた。

「いや。ちょっとわからないね」

「職務怠慢《たいまん》ではないの」

かの怪異が千歳と結んでいた契約を引き継いだのが同族である夜半だ。彼には千歳の身を守る義務がある。

とげとげしい口調で責めた百瀬に、夜半は「でもねぇ」と目を伏せた。

「少し特殊な場所にいるみたいで、生きているのはわかるのだけれど、場所はちっともつかめないんだ」

まあそれでも、と続ける。

「呼んでくれればさすがにわかると思うけれど、彼女は私のことは呼ばないだろうし」

お手上げだよ、とおどけたように実際に両手を挙げる相手に、百瀬は舌打ちした。

「役立たず」

そうなるように仕向けたのは自分たちだとはいえ、ここまで千歳に拒絶されているのは夜半のやり方が強引だったからだ。

「すまないね」

ちっとも悪びれずにそう言うと、夜半は困ったように眉を下げる。

「いやいや、実際のところ、思ったよりもあの子たちのつながりが強くてね、私のほうに彼女から流れてくる精気がほとんどないんだ」

困った話だよ、と唇を尖らせ、しかしすぐにまたやわらかな笑みに戻る。

「まあ、それも時間の問題だとは思うけれど。何かわかったら顔を出すよ」

じゃあね、と一方的に話すと、その姿は現れたとき同様、唐突《とうとつ》に消え去る。

結局、誰もどこに千歳がいるのかわからない。

それを確認しただけだった。

ぎゅっと両手を組み合わせ、百瀬は目を閉じる。

「どうか無事でいて」

そもそも千歳を連れ去ったのは「神」と呼ばれるものかもしれない状況で、「神頼み」など気休めにしかならない。それに神々はただで願いをかなえてくれたりなんてしない。

それを知っていても——何を対価にしてでも千歳の安全を守りたかった。

二　乙女、糸口をつかむのこと

降りた駅は緑深い山々に囲まれた、よく言えばのどかな、悪く言えばさびれた場所だった。夏の盛りはやや過ぎたとはいえ、降るような蟬《せみ》しぐれが四方から聞こえてくる。

依頼主の家までは迎えの車で十五分ほどで、そばには山の近くだけあって流れの速い川が走っていた。家から川までは棚田《たなだ》のようないくつかの段差がある。対岸は切り立った崖《がけ》で、川が岸を削《けず》り続けて今の場所を流れるようになったのだとわかる。

谷になっているおかげであまり日が差し込まず、影をつくる木々と川面《かわも》を吹き抜けてくる風が涼を運んでくる。

とろけるような暑さの地元とは別天地だ。

車を降り、深い緑の木陰でほーっと息をついていると、千影に呼ばれる。

「行くぞ」

うながされ、迎えの車を運転してくれた酒造の従業員だという青年の後を追う。

古くからの酒造という話にふさわしく、年季の入っていそうな母屋《おもや》と複数の蔵が並んでいる。それとは別に、いくつか新しい建物もあった。観光客のための試飲施設や売店らしい。

案内されたのは母屋で、玄関の軒下《のきした》には茶色くなった杉玉《すぎだま》が下げられていた。いかにも昔からある「造り酒屋」といった風情《ふぜい》だ。

通された座敷で待っていると、重々しい足音とそれに付き従うような控えめな足音が近づいてきて襖《ふすま》が開いた。

「お待たせしました」

そう千影と千歳に声をかけてきたのは五十前後の男性で、その背後では彼よりいくらか若く見える女性が頭を下げている。

短く整えられた髪に気の強そうな顔つきの男性は、室内にいるのがずいぶんと若い相手だと気づくと一瞬眉《まゆ》をひそめ、だがすぐに感情を消し去った。

「遠路はるばるご足労《そくろう》いただき、ありがとうございます」

男性も女性も室内に入ってくると、再び襖が閉め切られる。

「私がご依頼申し上げました酒之瀬源太郎《さかのせげんたろう》で、こちらは家内の緑《みどり》です」

「神隠し」に遭《あ》った娘の名は酒之瀬稲穂《いなほ》。彼らは彼女の両親だ。

相手の名乗りに、千影も会釈《えしやく》を返す。

「ご丁寧《ていねい》に恐れ入ります。私は真魚寺千影、隣は妹の千歳です」

千歳も頭を下げながら、そっと依頼主である夫妻の様子を観察する。

「早速ですが、依頼について確認させていただきたいのですが」

千影は淡々と仕事の話を進めていく。依頼書の内容について、気になる点や正確に把握《はあく》しておくべき点を質問していく。それに答えるのは源太郎だけで、緑は口を開かない。ときおり、何か言いたげに視線をこちらに寄こすが、結局何も言わずにうつむいてしまう。

「つまり、息子さんのときも、今回の娘さんについても、彼女たち自身に何らかの変わった様子はなく、ただ唐突に消えてしまった、ということですね」

「はい、そうです」

千影の質問に大きくうなずいた源太郎の脇で、緑はまた瞳を揺らしている。そのくせ、彼女は自分から何かを言おうとはしない。

「息子さんに会わせていただいてもよろしいですか？」

依頼内容がおおむね依頼書と相違ないことを確認した千影は、そう言うと立ち上がった。

「宗太郎《そうたろう》に、ですか」

源太郎があからさまな渋面《じゅうめん》をつくる。

「お伝えしてありますとおり、あの子は自分の身に起こったことを何も覚えていないのです。今私がお話しした以上のことは何もしゃべらないと思いますが」

宗太郎、というのは娘に先立って一晩「神隠し」に遭ったという息子の名だ。たしか中学三年生だったはず。

「仕事のやり方はこちらに一任、必要なことにはすべて協力していただく、というのが我が家にご依頼いただく際の条件だと、最初にご説明しているはずですが」

父とほぼ同じ年頃の源太郎を相手に、千影はあくまで冷静に、ほほえみすら浮かべてそう告げた。だが、その実兄がかなりいらだっているのが千歳には伝わってくる。

消えてしまった娘の状況はわからないが、「神隠し」の中には一刻一秒を争う事態だってありえるのだ。どんな手がかりだって見逃すわけにはいかない。

こちらを専門家だと思って呼んだのなら、娘のことを本当に思うのなら、できる協力は惜しまずにするのが筋だろう、というのが兄の本音だろう。

表面上は穏やかに取り繕《つくろ》いながらも、冷ややかな威圧感を発している千影の様子に気づいたらしい。顔を引きつらせ、源太郎はぎこちなく笑った。

「もちろん承知しております。申し訳ない。宗太郎は受験勉強に打ち込んでいるので、姉のことで煩《わずら》わせたくないと思ってしまったのです」

ご案内します、と腰を上げた源太郎に続いて千歳たちも部屋を出る。磨《みが》き抜かれた廊下《ろうか》を進みながら、千歳は先を進む依頼主夫妻の背中を見つめる。

源太郎は千歳たちを「若輩者《じゃくはいもの》」として軽んじている気はあるが、それをあからさまにせず真魚寺の名代に対する礼を尽くす程度には思慮《しりょ》深い。ただ、今も源太郎に付き従うだけの緑が何も語ろうとしないこと、そして先ほどの「煩わせたくない」という発言が気にかかる。

家族がひとり行方《ゆくえ》不明になっているのだ。弟だって受験勉強どころではないだろうに。どうにもすっきりしないものがある。

『――せ』

うーん、と首をかしげていた千歳は、ふと名前を呼ばれた気がして歩みを止めた。きょろきょろとあたりを見回してみても、廊下の先を行く源太郎、緑、千影の姿しかない。しかし、たった今聞こえてきた声は彼らのものではなく、でも、聞き覚えのあるものだったような。

耳を澄ませてみても、前を行く三人の足音しか聞こえてこない。気のせいだったかな、と歩き出そうとしたところで、再びその声はした。

『ちとせ』

今度ははっきり名前を呼ばれた。どんな、と問われると、とたんに輪郭《りんかく》を失ってしまうような声だった。懐かしい、と呼ぶにははっきりと覚えているような、それなのに霞《かすみ》の向こうにあるような、知っているはずなのに覚えていない、そんな声。たとえるならば、夢で面識のある人に呼びかけられたような感覚。

はっと視線を巡らせてみても、やっぱり声の主と思《おぼ》しきものの姿はない。それでも、自分は呼ばれたのだと、自分は声の主を知っているのだと、どうしてだか確信した。

朝起きたときから胸の片隅に引っかかっていた心細さ——みたいなものが、ほんの少しやわらぐ。

姿は見えなくても、声の主がすぐそばにいるような気がして、千歳は手を伸ばそうとした。

「千歳、どうした」

あなた誰、と呼びかけようとしたところで、兄に呼びかけられる。振り返れば、廊下の角で先を行っていたはずの三人が足を止めてこちらを見つめていた。

つかめそうだった気配が、あっけなく遠ざかっていく。

落胆《らくたん》のため息をこぼすと、「何でもない」と首を振って兄たちの元へ歩み寄る。

胸に正体不明のもやもやがまたつのる。

宗太郎の部屋は、その角を曲がってすぐのところだった。襖の向こうに源太郎が声をかけたが、返事がない。

どこかに出ているのだろう。宗太郎から話を聞くのは後回しだな、と思って踵《きびす》を返そうとしたところで、目の前の源太郎がいきなり襖を引き開けたので千歳は目を見開いた。

相手は中学三年生の少年とはいえ、そこは彼の私室だ。親とはいえ勝手な入室は避けるべきではないか。もちろん、常日頃からそういったことも許しあう関係で宗太郎も了承しているのならばいいのだが、源太郎のふるまいはそういった自然さとは違う気がした。

自分には息子の部屋に入る権利が当然あるのだと考えている、否《いな》、考える以前に疑問にすら思わない、そんな雰囲気《ふんいき》だった。

兄も同じ気持ちだったらしい。ぎょっとしたように目を剝《む》いている。

「出ているようですね」

もぬけの殻《から》の部屋を見て平然とそう言うと、源太郎は千影に向き直った。

「おそらく休息をとっているんでしょう。居間にいると思いますが」

畳《たたみ》の上にカーペットを敷いた部屋の中には、学習机や本棚《ほんだな》が見てとれる。机の上には参考書とノートが開きっぱなしで放置されていることから、すぐに戻ってくるつもりで部屋を出たのだとわかった。小腹でも空いて集中が切れてしまったのかもしれない。

そのまま居間に向かおうと源太郎が歩き出す。それに続こうとした緑を千歳は呼び止めた。

「あの、緑さん」

緑の全身がびくりと震えて、驚いたように瞬きを繰り返す目が千歳をとらえた。どうして夫ではなく自分が話しかけられたのかわからない、と言わんばかりだ。

「稲穂さんのお部屋はお隣ですか？」

「……はい、そうですが」

戸惑いを押し殺した声で答えた緑に、千歳はにっこり笑いかけた。

「拝見してもよろしいでしょうか」

視界の隅で兄がため息をこぼしたが、どうせ宗太郎に話を聞いた後には稲穂の部屋も確認することになるのだ。今回は仕事のパートナーだというのなら、それくらい分担させてもらってもかまうまい。

瞳を揺らした緑は、視線で夫に判断を仰《あお》ぐ。

「……案内して差し上げなさい」

源太郎の了承を得ると、彼女はやっとほっとしたように千歳にうなずいてみせた。

「こちらです」

宗太郎に話を聞くべく源太郎と居間に向かう兄に向かって唇だけで「また後で」と告げると、緑について隣の部屋へと移動する。

緑がそっと開いた襖の向こうは、宗太郎の部屋と同じ広さの和室だった。カーペットを敷き、机や本棚を置いてあるのはいっしょだが、稲穂の部屋の本棚は宗太郎のものよりもだいぶ大きかった。本棚に並んでいるのも、宗太郎は年相応にコミックや小説といったものが多かったが、稲穂は難しそうな専門書が多く混じっている。

失礼します、と断って、千歳は部屋の中に踏み込む。散らかっておらず、かといって几《き》帳面《ちょうめん》に整っているわけでもない。真面目《まじめ》さは感じるけれど、ありふれた女子大生の部屋だ。

部屋の主が戻らなくなって十日経っても、まだその気配が十分に漂っている。

「……あの、何かわかりますでしょうか」

おずおずと緑に声をかけられ、千歳は部屋に巡らせていた視線を彼女に向ける。初めて彼女からこちらへ声をかけてきたのに、目が合えばぱっと顔を伏せてしまった。

「稲穂さんが消える前後、変わったことはありませんでしたか？」

彼女の質問には答えず、逆に問い返す。

正直、部屋から見てとれることは何もなかった。そもそも千歳は常ならざるものを見ることには長《た》けているものの、第六感的な感覚はほとんどない。

稲穂を見つけ出すためには彼女を連れ去った「何か」の正体を見極めなければならないが、現地に来てみたところで新たな手がかりも今のところ見つけられていない。源太郎の話も依頼書の繰り返しでしかなかった。

消える前の彼女を最後に見たのは緑だ。何かわずかでも手がかりがほしい。

すがるような思いで訊ねたというのに、緑は瞳を揺らしてうつむくばかりだ。まるで隠しごとを暴かれるのを恐れておびえているみたいに。

「姉さんは母さんと言い争いをしていたんだよ」

唐突《とうとつ》に響いた声に、緑が息を呑《の》んではじかれたように振り返る。

「宗太郎、あなた、どこにいたの」

震える声でそう告げた緑に、入口の前に立った少年は目をすがめた。

「気分転換にちょっと散歩」

少年の顔立ちは、源太郎よりも緑に似ていた。やさしげで線の細い顔立ちだが、そこに影の薄さを加えた母親とは違って、宗太郎にははつらつとして機転の利《き》きそうな「はしっこさ」のようなものがにじんでいる。

彼は千歳を見ると、皮肉っぽく唇をつり上げて見せた。

「俺、霊感的なやつはないからそういう不思議なことはわかんないけど、姉さんは消えちゃう寸前、父さんと進路のことで喧嘩《けんか》して、それをとりなそうとした母さんとも口論になってた」

そんで消えちゃった、と肩をすくめ、真顔になる。

まだ華奢《きゃしゃ》な身体つきも、幼さの残る顔立ちも、中学三年生と聞いていた年齢にふさわしかったけれど、瞳に浮かべる色だけが大人びていた。

「俺、自分が消えちゃってた間のことは何にも覚えてないけど、俺もその直前に父さんと喧嘩したんだよね」

関係あるかわかんないけどさ、と付け加えて、彼はふっと息をつく。

「俺が父さんと喧嘩するのは珍しくもないけど、姉さんが父さんたちに食ってかかるのは珍しかったよ」

その話は聞いていない、と緑を見れば、彼女は唇を嚙《か》み締めて青ざめている。

ああ、そうか、と納得する。彼女はきっと後悔《こうかい》しているのだ。普段は従順な娘と口論になったその最中に彼女が消えてしまったことを。

頭では口論したくらいで人間ひとりが煙みたいに消えることなんてありえないと理解していても、まるで自分たちに非があるような、そんな気分になってしまったのだろう。

稲穂が戻ってこなければ、彼女はこのまま一生後悔を抱えていくことになる。

「ねえ、姉さんは戻ってくるかな」

宗太郎の目はまっすぐ千歳を見つめている。わずかに不安はにじんでいるけれど、それよりも嘘やごまかしは許さない、という強さの勝る目だった。

千歳も彼をまっすぐ見つめ返した。

「そう、できればいいと思ってる」

気休めを口にすることは簡単だけれども、彼はそれを望んでいない。

仕事として受けたからには、真魚寺はこの件の解決に全力を尽くすが、絶対はありえない。

千歳が答えられるのは、このくらいだ。

宗太郎はあからさまな落胆を示すでもなく「そっか」とうなずいたのだが、緑の反応は違っていた。

がくん、と肩に衝撃を受ける。

「そんな……あなたがたは、緑を連れ戻してくださるんですよね？」

こちらの肩をつかんで、今にも泣きそうな顔をしながら、それでも険しい目つきで緑はこちらを見据えている。

ぎりぎりと肩に食い込む指の感触に顔をゆがめながら、千歳は自分とそれほど身長の変わらない小柄な相手を見つめ返した。

「そのつもりです」

でも、と言いつつ、自分に触れている緑の手に自分の手を重ねる。

「そのためには、どんな些細《ささい》なことでも隠さずに教えていただきたいんです」

反射のように緑は手を引こうとしたが、逃がすまいと力を込める。

細い指を持つ手はひんやりと冷たく、ちいさく震えている。

「本当に稲穂さんの無事を望むのならば」

駄目押しとばかりに付け加えると、緑は瞳を揺らして唇を噛み締めた。

確かに彼女たち依頼主には、千歳たちのように怪異を見たり対処したりする力はない。かといって、彼らに何もできないわけでもない。

怪異たちは、たいていの場合「故あって」現れるのだ。

場所や時間といった条件、遭遇《そうぐう》する人間側との縁——どんなに大雑把《おおざっぱ》なものだろうと、厳密なものだろうと、出会うための「条件」がある。

そういったものは「外」から来た千歳たちにはわからないことも多いが、どうして人間に害をなすのか、どうして人間との間に接点ができてしまったのか、それを知ることは怪異たちとやりとりする際の重要な手がかりになる。

相手の正体がわかっている場合には手がかりなしでも力業で何とかねじ伏せることもできないわけではないが、今回のようなケースではどんなちいさなヒントだって欲しい。

依頼主たちが「関係ないだろう」と口をつぐんだ事柄が重要なピースだったと後から発覚した案件はいくらだってある。

千歳たち真魚寺が依頼主に望むのは、正直であること、だ。

故意に情報を隠されてはたまらない。

そんな状態で怪異たちと渡り合わなければならないなんて、こちらにも命の危険があるし、いざとなったら依頼の遂行《すいこう》よりも自分たちの安全を取る。そうなって困るのは依頼主だっていっしょのはずだ。

自分たちに都合の悪いことを包み隠しておいて、すべてうまく運んでほしいとこちらに願うなんて、都合が良すぎるだろう。

先ほどの源太郎の態度といい、彼らはそこのところを理解していない。

もしこのまま口をつぐんでいれば、その秘密主義の対価に失われるのは娘の命だ。言外に告げた脅《おど》しは正確に緑に伝わったらしい。

「あの……」

か細い声が、彼女の唇から漏《も》れた。引かれた手を、今度は千歳もつかまえなかった。

「あの日、稲穂は、夫に家を継ぎたいと言ったんです」

取り戻した手を胸の前で組むと、緑はぎゅっと力を込める。血の気の引いた顔色は紙のようだ。

「驚き、ました。あの子がそんなことを考えていたなんて、知りませんでしたから」

千歳はちらりと傍《かたわ》らの本棚《ほんだな》に目をやった。

稲穂が大学で何を専攻しているのかは知らないが、並んでいる本は経営や酒造に関するものが多い。

「……夫は、それを許しませんでした」

緑の声が震える。

「跡継ぎは宗太郎だ、娘のお前には継がせない、と」

先ほどまでいっしょにいた源太郎の顔を思い出し、千歳はさもありなんと内心うなずいた。

あまり知らない相手のことを決めつけるのもよくないが、源太郎からはどこか父権主義的なものを感じる。

家族というちいさな王国の王様。自分と同じような父親から権利の一切を受け継ぎ、いずれそれを息子に引き継ぐのだと信じて疑わない。

「普段の稲穂ならば、すぐに引いたはずです。あの子はちいさな頃から聞き分けのいい、おとなしい子でしたから」

つまり、その時の話はそれだけ彼女にとって大切なものだったのだ。

「でも、あの日は違いました。どうして自分では駄目なのかと夫に食い下がって言い合いになりました。結局稲穂は引き下がらず、しびれを切らした夫があの子を怒鳴りつけて会話を無理やりおしまいにしました」

私は、ともともとか細かった声が消え入りそうになる。

「夫と稲穂の関係がこのままこじれてしまってはいけない、と思って、稲穂を説得しようとしました。でも、あの子は――」

ひくり、と緑の喉《のど》が震えた。

「どうしてわかってくれないの、と言って――」

ぽろり、と緑の目から涙がこぼれる。

「言葉に詰まった私がうつむいて、次に顔を上げたときには、姿を消していました」

頰《ほお》を流れるしずくをハンカチで拭《ぬぐ》い、緑はそっと千歳を見つめた。

「お話しできることはこれだけです」

隠していたことを口にしたせいか、話し始めたときにはがちがちに強《こわ》ばっていた彼女の全身から力が抜けている。

ありがとうございます、と千歳が礼を述べるよりも早く、それまで黙って母の告白を聞いていた宗太郎が鼻を鳴らした。

「そりゃあんな言われ方したらいつも温厚な姉さんだって腹立てるよ」

見れば彼は姉の机とセットになっている椅子《いす》を引き出して腰を下ろし、不愉快そうに顔をゆがめていた。

「姉さんは、ずっとこの家と酒造のこと考えてたよ。口には出さなかったけど」

でも見てればわかったのに、とどこか責めるような口ぶりで宗太郎は言った。

「母さんだってうすうすは気づいてたんでしょ」

続く言葉は、あきらかに母親をなじるものだった。

「でも、姉さんが何も言わないままのほうが平和だから、黙ってたんだ」

ひゅっ、と緑が息を吸い込んだ音が、やけに大きく部屋に響いた。

「俺は勝手に進路を決めつける父さんに反発してるんだから、やりたいって言う姉さんに継がせればいいのに」

今時長男じゃなきゃいけないなんて古臭《ふるくさ》い、と吐き捨てて宗太郎は唇を引き結んだ。

家族の王様である源太郎。

彼に付き従うばかりの緑。

父に反発し、母にふがいなさを感じている宗太郎。

そんな家族の中にいた酒之瀬稲穂という女性の姿が、少しずつ輪郭《りんかく》を持ち始める。

彼女はきっと物静かで、普段は従順な、でも芯にははっきりとした目標を抱えた人だった。宗太郎は彼女を慕《した》っているようだから、やさしい人でもあったのかもしれない。家に息苦しさを感じながら、それでも家を愛していた。

彼女はどうして消えたのだ。

自室に戻ると言って稲穂の部屋を出た宗太郎といっしょに千歳も部屋を出る。残された緑はカーペットの上に座り込んでうなだれていた。

「母さんはいっつも被害者みたいな顔をする」

いらだった様子でつぶやくと、宗太郎はさっさと隣の自室へと入っていく。

千歳は兄がいるであろう居間のほうへ向かおうとして、ふと思いなおして玄関へ向かう。車から降りたときにも見た酒蔵を横目に庭を進む。もうすでに世間一般で言う夏季休暇の季節は過ぎているが、試飲施設や売店には観光客らしき人の姿がちらほら見えた。

庭は川へ向かって続いている。ところどころ段になっていて、作物の代わりに庭木の植えられている棚田のようだ。一番下まで下りると、ごろごろと石の転がる川原に出た。

古来、異世——人間の世界ではない〝異界〟——との接点とされた場所はいくつかある。

山であったり、海であったり、坂であったり、橋や門といった建造物であったり、時に鏡面であったりする。そう考えれば、異世との境なんてあちらこちらにあるものだが、水辺もそのうちのひとつだ。

山は近くまで迫っているものの、酒之瀬家の敷地に接しているわけではないし、いわくありげな橋や門といったものも近くにはない。もし稲穂が何かにかどわかされたのだとすれば、それは川から来たのではないか——そう思ったのだが、川原は平和そのものだ。

差し込む光にきらきらと水面を輝かせ、涼し気な音をさせながらそれなりの速さで流れていく。

渡る風は爽《さわ》やかで、蟬《せみ》の声と、鳥の鳴き声が谷の底であるここまで響いてきた。

そう、平和で、なんの変哲もない、昼の川原だ。

「違う」

思わず千歳はつぶやいた。

目の前の景色に激しい違和感を覚える。朝から続いていたそれとは比べ物にならない。

違う。違う。自分はこの景色を見ていない。

考えるよりも先に、頭の中に言葉がひらめいていく。

とっさに自分の守り役の名前を呼ぼうとして、言葉に詰まる。

年齢不詳の美しい「真魚寺の化生《けしょう》」。生まれて以来、自分を守り続けてきてくれていた彼女。

自分の守り役と言うべきは、彼女だけのはずだった。

それなのに、彼女の姿よりも先に、青い燐光《りんこう》をまとった怪異の姿が脳裏《のうり》に浮かぶ。

知らないはずの姿。でも覚えている。

「――なに、これ」

記憶が混乱している。

いつから違っていた？

いつから自分は勘違いをしていた？

どうして、こんな大切なことを忘れていた？

千歳の守り役は、彼女じゃない。彼だ。

朝から続く違和感がすべてつながっていく。

ここは、違う。千歳の知っている〝世界〟じゃない。

じゃあ、今見ているこの〝世界〟は何だ。

その言葉が頭に浮かんだところで、ぐにゃり、とあたりの景色がゆがみ、天と地の感覚が失われる。

声にならない悲鳴を上げる。落ちているのか、飛んでいるのかわからない。

うすれゆく意識の中、視界の端を懐かしい青い光がかすめた。とっさに、そちらへ向かって手を伸ばす。
見慣れたその色が、自分を導いてくれる気がした。

三　乙女、まやかしを拒絶するのこと

いつから違ってしまっていたのか。

たゆたう記憶をたどっていく。


「少し、長い話になりますよ」

あの日、千歳が十三年間いっしょにいた青い化け物を奪われた真夏の昼下がり。

真魚寺家の住み込み家政婦だったはずの彼女、百瀬はそう言った。

その姿には、あまたの女性の姿が半透明に重なっている。中には千歳の大好きだった祖母の——なぜだかずいぶんと若返った——姿もある。

〝彼女たち〟の異様な姿を見たときの衝撃は、きっと一生忘れられない。

百瀬は自分たちの正体を語ることを拒《こば》み、千歳の記憶を封じようとした。おそらく、千歳の平穏を守るために。

でも、当の千歳がそれを拒絶した。

「いいよ。全部話して」

千歳に引く気のないことを悟った百瀬は心底困った、と言わんばかりに額に手を当てる。同時に彼女に重なって見えるたくさんの人影も眉《まゆ》を下げる。しばらく逡巡《しゅんじゅん》するように、もしくは全員で無言のうちに相談するように難しい顔つきで目をつぶっていた百瀬だったが、やがて目を開けると疲れたように笑った。

「どこから話せばいいのかしら」

いつもの使用人らしい口ぶりから砕《くだ》けた口調へと変えてつぶやくと、彼女は自分の胸に手を置いた。

「百瀬、と今あなたが呼んでいるのは、この身体《からだ》の便宜《べんぎ》上の名前。私たちを示すものではないの」

同じようなことを夜半も言っていた。「青原灯《あおはらあかり》」はあの「姿」の名前であって、千歳とずっと共にいたあの青行灯を示すものではない、と。

「そして、私たちには名前がない。怪異たちからは〝真魚寺の化生《けしょう》〟って呼ばれたりもするけど」

眉をひそめた千歳に向かって、彼女はにっこりと笑った。

「私たちは〝真魚寺の娘〟の魂魄《こんぱく》が集まったものなの」

集まった者の誰でもあって、誰でもない。かつてはひとりひとり名前を持っていたけれど、その名で呼ばれるのも違う。

祖母を含むいくつもの人影。それがすべて代々の真魚寺の娘なのだ、と言われ、千歳は全身を強ばらせた。

「なん、で」

人は死んだら肉体は滅び、霊魂はこの世にとどまらずに去るものだ。しばらくこの世をさまよう程度ならばともかく、代々この世に残って集まって混じりあうなど聞いたこともない。

「呪われているのよ」

あっさりとそう言って、彼女は虚空を見つめた。

「私たちは総じて長生きで、やっとお迎えが来たと思っても魂魄がこの世に残ってしまう。そして、肉体という器《うつわ》を失った魂魄は近しいものに引かれて混ざり合う」

ずっとそうやって来たの、と告げられ、千歳は息を呑《の》む。

「それは、いつから」

「私たちの核になっているのは〝私〟。あなたたちが初代って呼ぶ真魚寺千鶴《ちづる》。つまり、最初の最初から」

真魚寺家の初代がこの地に根付いたのは平安時代の末期のはずだ。

それは、つまり、千年近く前の話。

「そんなこと――」

「聞いたこともない？　当たり前でしょう？　呪われるのは当主か、よほど力の強い娘だけ。それに肉体を持たなかった頃の私たちの姿を生前に見ることができる子なんて、その中のほんの一握りだし――」

そこで千歳を見つめ、目を細めた。

「どうしてこんなことになったのかは、詳しくはわかってないの。昔々、私の母が私を腹に宿した状態で怪異の死に際の呪いを受けたのが始まりだと言われているけれど、母はそれについて多くは語らずにこの世を去ったから」

母は死ねたのにね、とつぶやき、彼女は手を伸ばして千歳の頭をなでる。

「私たちだって、最初は呪いの解き方を調べたわ。でも、実体を持たない私たちは真魚寺の家から遠く離れることができなかったし、家の中にある資料はほとんど生前の自分たちで集めたものだから目新しい情報もない。すぐに行き詰まってしまった」

千歳の髪をなでつける指先はおだやかで、慈愛《じあい》すら感じる。

「そして、私たちはあきらめたの。自分たちの子どもたちだって、解き方のわからない呪いが自分の娘にかかってるなんて知らないほうが幸せだと、勝手に決めつけて。なるに任せて長い時を過ごした」

どうせ結末が変えられないのならば、せめて囚われるまでは平穏に。

その判断を、千歳は責められない。

唇を軽く嚙《か》んでうつむこうとした千歳だったが、「でもね」と彼女の話は続いた。

「千草《ちぐさ》が、そんなのは嫌だって言ったの」

唐突《とうとつ》に飛び出た祖母の名前にはじかれたように顔を上げる。

「あの子はあなたと同じように実体を持たなかった私たちが見える子だった。どうしてどうしてってねだられて、私たちは今みたいに折れて呪いのことを話したわ」

そこでふっと目の前の彼女の雰囲気《ふんいき》が変わった。

「〝私〟も呪いのことを調べて、でも何もわからなくて、だから自分もこれまでの〝真魚寺の娘〟たちと同じように死後もこの世にとらわれるのだと、しかたないのだと一度は思ったのよ」

唇からこぼれるのは若々しい百瀬の声だったけれど、そのしゃべり方や浮かべる表情には切ないくらい見覚えがある。

「おばあちゃん……」

泣きそうになった千歳の頭をぽんぽんとなだめるように叩いて、彼女はほほえんだ。

「驚かせちゃってごめんね、ちーちゃん」

胸がいっぱいになって、千歳はぶんぶんと首を横に振った。勢いよく抱きつくと、やんわりと抱き返してくれる。

「結婚して、息子が生まれて、息子が結婚して、ちかくんが生まれて、私、幸せだった。この幸せな記憶だけで、死んだ後のいつ終わるとも知れない果てしない時間を過ごせるって思ってた。この先の真魚寺を見守っていく、それでいいって思った」

でもねぇ、と声が震える。

「ちーちゃん。あなたが生まれた」

ぎゅっと千歳の背中に回されていた腕に力がこもる。

「すぐにわかったわ。この子は先祖返りと呼ばれた私と同じ。いいえ。私よりもずっと強い力を持って生まれてきた〝真魚寺の娘〟だって」

触れた身体が、声と同じように震えている。

「私、あなたがかわいくてしかたなかった。同時に、あなたが私と同じ定めを背負っていることが恐ろしくてたまらなかった」

ぽつり、と千歳の頰《ほお》に熱いしずくが落ちてきた。

「私が囚われるのはいい。でも、あなたのことはこの因果《いんが》に巻き込みたくない。巻き込んじゃいけない。だから。だから——」

そこで祖母の気配は消え、再び千鶴と名乗った初代の気配が戻ってくる。

「だから、千草はその身をかけた」

千歳の身体を離すと、彼女はゆっくり一語一語を明確にそう告げた。涙をたたえた赤い目が、まっすぐに千歳を貫く。

「あと二十年は生きられた命を削《けず》って」

その言葉は聞こえたはずなのに、すぐには理解できなかった。

「え」

長寿の人間が多い真魚寺家にあって、祖母は短命と言ってよかった。でも、それは病気のせいだと、そう思っていたのに。

「あなたが青行灯に精気を分け与え、彼が人間としての実体を得たように、千草も自分の精気を私たちに与えて『百瀬』という実体をつくった」

まだすべてを呑《の》み込めていない千歳に、彼女は語り続ける。

「そして、この『百瀬』の身体に、あなたを含め、今後一切の〝真魚寺の娘〟たちの呪いを引き受けた」

じんわりとしみ込んでくる言葉の重さに、呼吸が苦しくなっていく。

「魂魄《こんぱく》の不滅の呪いを、肉体の不滅に転換して」

「――っ、それじゃあ」

「そう。今の私たちは身体も魂魄も呪われている。この世の果てまで朽《く》ちることはないし、もしかしたらこの世が終わろうと朽ちることはないの」

それは、永遠を生きるということ。肉体の苦痛とも無縁ではいられず、終わりのない時間の中を歩いていくということ。

それがどれだけの苦行なのか、想像するだけで虚空に放り出されたような心細さで身体ががたがたと震える。

「そんな、そんなことしなくても」

そんな選択を祖母にさせ、彼女たち全員を巻き込んだのが自分なのだとしたら――。

顔色を紙のように白くした千歳に、彼女はゆるく首を振る。

「いいんですよ、千歳さん。これは千草と私たちが決めたことですから」

彼女の口調が、百瀬のものに戻る。まるで、話はおしまいだと言わんばかりに。

「ほらもう。そんな顔をすると思ったから、これまで隠してきたのに」

いたずらっぽく目配せして、千歳の目の端に無意識のうちに浮かんでしまった涙を拭《ぬぐ》ってくれた彼女は、まったくいつもどおりの百瀬だ。

「それに、今の生活も私、気に入っているんですよ。実体がなかったころとは違っていろいろなことができますし、あなたたちともお話しできますから」

心底楽しそうに笑って、千歳の冷え切った手を握る。

「それに、呪いのことだって自分の足で調べに行けますでしょう?」

握られた手を引っ張られ、千歳はよろよろと立ち上がる。

「あなたにとっては、もう、すべては終わったことなんです。気にしないでください」

納得できたならとりあえずおうちに帰りましょう、と促され、千歳は歯を食いしばった。

彼女の言っていることは事実だ。

幼い頃の千歳は当事者だった。でも、何も知らないうちに、すべてはまた終わっていた。

また守られた。

また守られていたことに気づけなかった。

悔《くや》しい。悲しい。

でも泣きわめいてなじるのは、お門違《かどちが》いな八つ当たりだ。

幼子にするように千歳の手を引き、部屋の出口に向かいながら、百瀬はぼやいた。

「それにしても、新しい守り役はずいぶんと余計なことをしてくれましたね」

その言葉に、彼女がずっと青行灯の存在を知っていたこと、彼が千歳の元を去って新たに「夜半」と名乗る青行灯が現れたことすら承知していることを理解する。

それに——。

「あーちゃんのこと、夜半に伝えたの、百瀬なの」

千歳の問いかけに一瞬口をつぐんで、しかしすぐに百瀬はうなずいた。

「ええ。いつまでもあれをそばに置いておくのは、千歳さんのためになりませんでしたから」

「あーちゃんと私は、ちゃんと契約して、ちゃんと——」

うまくやってたよ、と言おうとした千歳の唇に人差し指を押し当て、百瀬は悲しげに笑った。

「あれが変質しかけていたこと、千歳さんは気づいていなかったでしょう？　それとも、気づかないふりをしていたんですか？」

「っ！」

海に出かける前の、彼との間に感じたぎこちなさを思い出す。今までには感じたことのなかったあれを、千歳は確かに変だと思った。

「あのままあなたたちがいっしょにいれば、遠からずあの青行灯は変質して、青行灯ではないものになっていたでしょう。そうなれば、千歳が『青行灯』と結んだ契約はそれを縛《しば》れません。あなたが貪《むさぼ》り食われる可能性だってあった」

やさしい顔つきで、でも厳然とした口ぶりで、百瀬は千歳をさとす。

「もちろん、そんなことは許しませんよ？　夜半が動かなければ、いずれ私たちがあれを滅ぼしていました」

「そんな……」

そんなひどいこと、なんて言う権利は千歳にはない。

千歳だって、同じことをした。ゲド憑《つ》きの家の娘――美緒《みお》にとって大切な家族だったチビを、変質したからと滅ぼした。

『いっしょにいるって、私たちは遠い昔に約束したんだって』

『約束は守らなくっちゃ』

美緒はそう言ってゲドとの未来を守ろうとしていたのに。

あの時は奪う側だった自分は、今、奪われる側に立っている。

うつむいた千歳を、百瀬はそっと抱き寄せる。彼女の身体《からだ》はあたたかく、千歳への思いやりで満ちている。

「千歳」

やわらかい声が耳をくすぐる。

「これからは私たちがそばにいるわ」

『君が本当に失いたくなかったものは、形こそ変わったけれど、今もそばにあり続けている』

千歳から青行灯を奪った夜半はむかつくやつだが、嘘はついていなかった。

千歳が失いたくなかったもの。

大好きだった祖母は百瀬の中にいる。これからも、そばにいてくれる。

「もし、あなたがあの青行灯を取り戻したとしても、待ち受けているのはあれの破滅です。あきらめて受け入れれば、これまでの思い出だけは美しく残るでしょう」

どうせ失うならば、取り戻しても悲しくなるだけ。

頭では理解できる。百瀬の言葉は、千歳のためを思って言ってくれている「最良」のことだ。

それなのに、触れているぬくもりに思い出してしまうのだ。

青行灯の身体もあたたかかった。彼だって、わかりにくかったけれどやさしかった。

千歳は、彼をあきらめるなんてできなかった。

お盆が終わり、ツクツクボウシが鳴き始める。

それでも、青行灯を取り戻すための手段を見つけられないまま、鬱屈《うっくつ》した日々は過ぎていった。

十三年前に結んだあの契約は千歳と青行灯——千歳が「あーちゃん」と呼ぶ青行灯だけのものだったのに、夜半は勝手に割り込んで、「あーちゃん」を千歳から奪った。そのくせ、「契約を引き継いだ」と言いながらも、夜半自身はこちらとの契約を維持するつもりなどさらさらなく、解消するつもり満々なのだ。

許せるわけがない。

だが相手は怪異。呼び出すことはきっと名前を呼ぶだけでできるが、問題はそこからどうするか、だ。

返して、といってすんなり話を聞いてくれる相手でないことはわかっているのだから、脅《おど》すなりすかすなりして相手を負かす必要がある。ただ、そう何度も交渉の機会があるとも思えないし、下手《へた》を打てば逆にこちらが危ない目に遭《あ》う可能性だってある。

慎重に、できれば一発で勝負を決めたい。

名前持ちの怪異に一撃必殺とはなかなか厳しい戦いである。

そう思っていたところに、「神隠し」の依頼が舞い込んできた。普段ならば「関係ないこと」と聞き流す千歳だったが、今回ばかりは同行させてほしいと勢い込んで兄に頼み込んだ。

怪異すらろくにいなくなった今のご時世、いまだ人間をかどわかせるような土着の存在はまれだ。

本当の「神さま」かどうかは行ってみなければわからないが、もし本物ならば力や知識はそこいらの怪異とは段違いのはず。ならば、うまいこと気に入られ、取り引きに応じてもらえれば、青行灯を取り戻す手がかりを教えてもらうなり、夜半を退ける助力をしてもらうなり、今の状況を変える一手になるかもしれない。

打算まみれの申し出だ。

千影はいつもと違う千歳の態度をいぶかしんでいたし、百瀬は「危ない真似《まね》しないでください」とぶうぶう言っていたが、何とか押し切って酒之瀬家へ同行することになった。

思い出すたびに、ああそうだった、と違和感が消えていく。

先ほどまでの自分から抜け落ちていたのは十三年間自分の守り役だったあの青行灯に関する記憶だ。

自分の守り役は生まれたときから百瀬だったと思い込んでいたし、どうして自分が酒之瀬家の依頼に同行しようとしたのかも不明瞭になっていた。

酒之瀬家に到着した千歳は、源太郎、緑、宗太郎とまったく同じやりとりをして川原に下りた。

でも、そこから先は違っている。

川原は昼だというのに靄《もや》に覆《おお》われて一面真っ白だった。千歳は、きらめく水面など見ていない。

目の前に掲《かか》げた手のひらすら目に映らない、光をはらんだような白い闇。

何かがおかしい、と思ったときにはもう遅かった。そこで千歳の記憶は途切れて、すべてを忘れて——青行灯のことも忘れ去って——二回目の同じ朝を迎えていた。

千歳が兄との待ち合わせに遅刻しかけたのも、酒之瀬家を訪問したのも、川原へ下りたのも、同じ日なのに二回目なのだ。

何が起こったのかは、わからない。

でも、さっきまでの〝世界〟は千歳のいるべき場所じゃない。

元いた場所に、あるべきところに戻りたい。

そう願ったとき、千歳の脳裏《のうり》に浮かんだのは、冷たくもあたたかくも映る、あの青い灯だった。

四　乙女、呼びかけに応じるのこと

『ちとせ』

かすかな声が、そう呼んだ気がした。

むくり、と身体を起こして、千歳はあたりを見回す。誰もいない。

長いこと眠っていたときのように頭が重だるく、ぼんやりする。

「ここ、どこ？」

つぶやいてみても、もちろん誰の答えも返ってこない。

そこはさながら能舞台のようだった。

周囲から高くなった板間敷き、地面へ下りるための階《きざはし》、ご丁寧《ていねい》に橋掛りのような細い通路までついている。通路の先には幕ではなく金箔《きんぱく》の張られた襖《ふすま》がついているが、その向こうに部屋や建物は見当たらない。

千歳はそんな板間の中央に倒れていた。

周囲に広がるのは桃の木の林で、うららかな日の光の下、今が盛りと言わんばかりに薄桃色の花が咲き乱れている。風にはらはらと花弁が散って地面を敷き詰めていく。花弁と舞い踊るように、名も知らぬ美しい蝶《ちょう》が飛び交っていた。どこかから鶯《うぐいす》のさえずりが聞こえてくる。

間違っても八月も末の景色ではない。

自分の身体を見下ろしてみれば、酒之瀬家を訪問したときと同じ、黒の襟《えり》付き半袖《はんそで》ワンピースだった。桃が咲くような季節には肌寒さを感じてもおかしくない格好だが、感じるのはほんのりあたたかな空気だけだ。

穏やかで、心地よく、夢のように美しい。

くらり、と眠気に襲われたが、それどころではない、と首を振って立ち上がる。

とりあえず先ほどまで過ごしていた「二回目の今日」は夢だった、と考えてよさそうだ。もしあのまま違和感を押し殺していたら、と想像してぞっとする。

「……冗談じゃない」

吐き捨てると、のろのろ立ち上がる。

我に返れたのはいいが、状況は特によくなっていない。もしやこれは、千歳自身が「神隠し」にあっているのではなかろうか。

「こんなことしてる場合じゃないのに」

いろいろな怪異には行きあっているほうだが、「神隠し」は初めてだ。

「まずいなぁ」

「神隠し」は、連れ去られた先の時間の流れともともと暮らしていた場所の時間の流れが違っていた場合、無事に戻れたとしても数日、数年、時として百年単位で時間がずれてしまうことがある。そうならないためには、可能な限り速やかにもとの場所に戻るしかない。

が、そのための手段がない。

もしかすると夜半の名を呼べば契約に従って現れてくれるかもしれないが、あいつをぎゃふんと言わせるために「神隠し」を調べに来たのに、標的に助けてもらうのは業腹《ごうはら》だ。

とりあえずそれは本当にどうしようもなかった場合の最後の手段にしておく。

「あーちゃんだったら迷わず呼びつけたのに」

ぼやいてみても仕方ない。うーん、と首をひねっていると、カタカタカタカタとちいさな物音が聞こえてきた。

びくり、と身体を硬直させた千歳は、おそるおそる物音の元を探る。

そろそろと視線を動かしていけば、先ほども見た通路の先の金箔襖が細かく震えていた。

「えええ、なんだろ、あれ」

正直怖い。しかし、穏やかすぎて眠くなりそうなこの空間に変化を与える突破口となりうるのは、あれしかない。

へっぴり腰になりながら襖に近づくと、いちおうすぐさま護身の術が展開できるように準備しておく。深呼吸をして気持ちを落ち着けると、千歳は思い切って襖を開け放った。

「へ」

思わず間の抜けた声が出る。

開け放たれた襖の向こうには、恐ろしいものは何もいなかった。そもそも、そこには桃林は見当たらず、なぜだかどこかの家の廊下《ろうか》のようなものが左右に伸びていた。

「えええぇ？」

一歩引いて襖とその背後を見る。建物も何もない。青空と桃林が見える。でも、開けた襖の向こうにはどこかの廊下が見えている。

「これは、本格的に『神隠し』っぽい」

とりあえず今の自分がいる場所が普通の空間でないことは確定した。

そっと戸口から向こうに顔を突き出し、左右に伸びる廊下の先をそれぞれ確認する。

廊下の左手は少し先でさらに右に折れている。廊下の右手はかなり先まで――正直先の見えない向こうまで――まっすぐ伸びているが、途中にいくつも今は開け放たれた襖が見えるので、廊下の空間を区切って使えるようになっているらしい。こちらの襖にはそれぞれ美しい四季の花鳥が描かれているようで、一番近いところにある襖の絵は桃の花だ。

そっと足音を殺して廊下に出ると、千歳はまず左手に向かった。

廊下を折れた先にあったのは、客間のようだった。さらに先には玄関がある。たたきに下りて戸を開こうとしてみたが、どういう原理かびくともしなかった。

「やっぱ、そう簡単にはいかない、かぁ」

がくりと肩を落とした千歳だったが、気を取り直して来た道を戻り、今度は廊下を逆向きに進む。

桃の花が描かれた襖を通り抜けると、右手の壁に先ほど千歳が出てきたのと同じ金箔張りの襖があった。

どうやらこの廊下は、左手が何もない壁で、右手の壁面には廊下の花鳥襖と花鳥襖の間にひとつずつ金箔襖があるらしい。

少し迷ってから、二番目の金箔襖を開く。

「……うわぁ」

思わず吐息がこぼれた。

そこは先ほど千歳が目覚めたのとはまた違った空間だった。

金箔襖の向こうには緋毛氈《ひもうせん》が敷き広げられ、周囲は満開の桜、まだ朝早いのか空気は凜《りん》と澄み渡り、あたりも静まり返っている。そんな中、わずかな風に桜の花弁が散るさまには幽玄《ゆうげん》の美しさが感じられる。

桃林と同じく、現実とは思えない——実際、ここは「この世」とは呼べない場所のはずだが——見惚《みと》れずにはいられない景色だ。

だが、いつまでもぼうっとしているわけにもいかない。

千歳は頭を引っ込めると、奥へと続く廊下を進み、次の襖――この襖には桜の花が描かれている――を抜ける。

三番目の金箔襖の向こうには、牡丹《ぼたん》の花。

四番目は、山吹《やまぶき》の花。

五番目は、藤《ふじ》の花。

六番目は、卯《う》の花。

七番目は、燕子花《かきつばた》。

八番目は、とのぞき込んだところで、千歳はそこに初めて自分以外の人を見つけた。

金襖の先には石畳《いしだたみ》が伸び、朱塗りの柱と黒い瓦《かわら》の四阿《あずまや》まで続いている。四阿と石畳以外の場所はすべて水に満たされ、そこにはたくさんの蓮《はす》の花が咲き乱れていた。

その人は、四阿の中に造りつけられた椅子《いす》に座り、柱に背を預けて安らかに眠っていた。

千歳が近づいていっても起きる気配はない。

セミロングの黒髪、水色のシャツワンピース。特別美人ではないが、やさしげな雰囲気《ふんいき》は「癒《いや》し系」と評されそうだ。口元のほくろを見つけたとき、千歳は自分が彼女のことを知っていることにやっと気づいた。

彼女が、千歳の探していた人物――「神隠し」にあった酒之瀬稲穂だ。

「稲穂さん」

声をかけても彼女から反応は返ってこない。わずかに口の端をつり上げて眠る表情は幸せそうで、起こすことに罪悪感を覚えそうになる。

「稲穂さん！」

先ほどよりも大きな声で呼びかけ、千歳は彼女の肩を揺すろうとした。

「やめてくださいな」

唐突《とうとつ》に背後から声をかけられ、千歳は反射的に飛び上がって振り返った。喉《のど》から情けない悲鳴が上がりそうになったのを、とっさに呑《の》み込む。

一瞬前まで、何の気配もなかったのに。

「その方はお目覚めにはならないでしょう。ずいぶんと深く眠っていらっしゃるようだから。無理に起こしてはなりません」

そう言いつつ、声の主は稲穂の方へと近づいてくる。反対に千歳はじりじりと距離を取った。

声の主はまだ若い女性だった。

射干玉《ぬばたま》の黒髪は長く、太ももの中ほどくらいまではありそうだが、中ほどでひとつに結ばれている。身にまとっているのは緑色を帯びた薄い茶を基調にした小袖《こそで》で、黒の細帯を締めていた。

身にまとう色彩は控えめだが、品のある美貌《びぼう》がそれによって曇ることはなく、むしろますます輝いて見えた。

何より、彼女の発する声は、とても魅力的だった。

高すぎず、甘すぎず、かといって硬すぎず。自然とこちらの内側に入ってくる、落ち着きとやわらかさのある声だ。

「あなた様もよくお眠りのようでしたのに」

どうして起きてしまわれたのかしら、と彼女はほほえみながら自問するように首をかしげた。

そのまま歩みを進めると、彼女は稲穂の傍《かたわ》らに立つ。

「あなたが、私たちをここに連れてきたの？」

目の前の女性は、十中八九、この「神隠し」の原因となった怪異だ。「神」というには威圧感や、神々《こうごう》しさは感じられないが、無害な相手ではないはず。

警戒心丸出しで問いかけた千歳に、彼女は目を細めた。

「お連れした、というのは正確ではありません」

穏やかな口調を崩さずに答えつつ、手を伸ばして稲穂の黒髪を整えるように手櫛《てぐし》ですく。

その様子は、慈愛《じあい》に満ちていた。

「私は戸を開いただけ。この屋敷は、あなた様のような方々を呼び招くのです」

私のような、と眉《まゆ》を上げた千歳に、彼女は「はい」とうなずく。

「あなた様やこの方のような、今の状況に満足できないでいる方々を」

それが、条件。

この怪異との接点。

図らずも稲穂と同じ条件を満たしたために、千歳もここに招かれたらしい。

父親に望む将来の形を拒《こば》まれ、母親にも受け入れてもらえなかった稲穂。

青行灯を取り戻したいのに、そのきっかけをつかめずにいた千歳。

状況は違うけれど、どちらも自分の欲しいものを得られずにいた。

「私の役目は、そんなあなた様方に、幸せな夢をお見せすること」

そっとたおやかな手を差し伸べて、彼女はいざなう。

「さあ、もう一度眠りましょう?」

くらり、と殴《なぐ》られたような強い眠気に襲われて、千歳は足をよろめかせた。

「さあ、さあ、大丈夫。次もいい夢が――いいえ、いい人生が送れますよ」

その言葉に、さっと血の気が引く。幸いなことに、眠気もわずかにやわらいだ。

このまま彼女の誘いに膝を屈すれば、千歳はまた先ほどと同じような夢を見るのだろう。

青行灯のいない、青行灯の存在すら忘れ去った、平穏な日々。今度は違和感に気づけないかもしれない。そのうちすべてが「そんなものだった」と思えるようになってしまって、満足するのかもしれない。

「いやだ」

唇から拒絶の言葉を吐き出す。

「それはいやだ」

ぐっと下唇を噛《か》み、痛みにすがってぼやけそうになる意識を保つ。

「どうしてですか？」

彼女は目を丸くして、千歳の拒絶が心底わからない、と言わんばかりの顔をした。

「夢だと気づけない夢ならば、それは人生とどう違うというのでしょう」

それはそうだ。彼女の言っていることは間違っていない。

「胡蝶《こちょう》の夢」や「邯鄲《かんたん》の夢」の例を出すまでもなく、人間の現実の認識などその程度のものだ。

夢しか目に映らないならば、それはその人の人生そのものになる。

「ここから戻ったとしても、苦しみ、悲しむ日常に戻るだけではありませんか」

そのことが心苦しい、と彼女の表情が伝えてくる。

「この方も、苦しんでいらっしゃいました」

眠る稲穂の頬《ほお》をそっとなでる。

「お父上には女に家は継がせない、そんなことを言い出すならば大学に行かせるのではなかった、と怒鳴られ、お母上にはお父さんの言うことを聞いてちょうだい、そんなに酒造に関わりたいのならば社員の誰かと結婚すればいい、とすがられ、かわいそうに、それを拒絶することもできずに押しつぶされそうになっていたのです」

思わず千歳は顔をゆがめた。

源太郎の発言のひどさもなかなかだが、緑の発言も稲穂の心を深く傷つけたことだろう。どちらも、「稲穂自身の願い」を見ようともしていない。

彼らにとって稲穂は、いったい何だったのだ。

「でも、眠ってしまえばそんなことに苦しむ必要はないんです」

夢の中ならば彼女は望むとおりに生きられるのだから。

その言葉の正しさを証明するように、稲穂の寝顔はどこまでも安らかだ。

「ここまで深く眠ってしまえば、この方にとってはこちら側こそ夢幻と呼ぶのがふさわしい」

稲穂にとっての夢と現《うつつ》は、とっくに反転しているのだ、と彼女は笑みを深める。

「怖いことなんてありません。目をつぶるだけでいいんですよ」

その言葉は、蜜よりも甘い。

だから、さあ、と促され、眠気がまた強くなる。

彼女がそういうモノだというだけだとしても、千歳の苦悩を取り除きたい、という気持ちが純粋なものだと伝わってくるからこそたちが悪い。

身を、任せたくなってしまう。

『ちとせ』

名を呼ばれた気がして、閉じそうになっていたまぶたを上げる。

『ちとせ』

気のせいじゃない。かすかだけれど、確かに名を呼ばれている。

夢の中でも聞いた、その声は、聞き間違うはずもない、ずっと聞き続けた、十三年間身近にいてくれた相手のもの。

ここしばらく、ずっと求めていた相手のもの。

ぱっと千歳は周囲を見回した。ここには四阿《あずまや》と蓮《はす》の咲き乱れる池しかない。

「どこ?」

『ちとせ』

呼びかけても、声はこちらの名前を呼ぶばかりだ。

きょろきょろとあたりに視線を巡らせる千歳に、目の前の怪異は目を瞬かせた。

「どうなさったんですか?」

その反応に、彼女にこの声は聞こえていないのだと知る。

「どこなの?」

姿が見えないだけでなく、なじみの気配も感じられない。

じれた千歳は四阿から出ると、石畳《いしだたみ》を歩き、廊下《ろうか》への金箔襖《きんぱくぶすま》を開いた。

『ちとせ』

少し声が大きくなった気がする。どちらから、と廊下の左右に耳をすました千歳の背後で、悲しげな声がした。

「どちらへいらっしゃるのです」

稲穂のそばに立ち尽くしていた彼女が、眉を下げていた。

「まさか、お戻りになるおつもりですか」

驚いたように目を見開き、着物のたもとで口元を押さえる。よろよろ、と頼りない足取りでこちらへ歩み寄ってきながら、彼女はちいさく首を左右に振った。

「おやめになってくださいな」

今にも泣きそうな顔つきで懇願《こんがん》する。

「どうして夢ではいけないのです」

それは先ほどもされた問いかけだ。

どうして。

考えてみても、「いけない」とは千歳には答えられない。

やさしく甘美な嘘も、見破られなければ真になる。それといっしょで、覚めない夢は、現に同じ。

　ならば、思うとおりにならない〝こちら〟を捨てて〝あちら〟を選んでも誰に責められるいわれもない。

『ちとせ』

　声が廊下の右──屋敷の奥から聞こえた気がして、千歳は迷わずそちらへ駆け出した。

「お待ちになって」

　追ってくる声に足を止めることなく、千歳は廊下をひた走る。

　蓮の花の襖を抜けて、次に見えるのは曼殊沙華《まんじゆしやげ》の襖。お次は尾花《おばな》。さらに紅葉《もみじ》。

「行ってはなりません」

　雪に椿《つばき》の襖を抜けたところで、今までになく強い調子の声が背後から響いた。

　それすら無視しようとした千歳の目の前で、梅に鶯《うぐいす》の襖がぴしゃりとひとりでに閉まる。枠《わく》に手をかけても、玄関の戸口同様ぴくりとも動かない。

　振り返った千歳は、ゆっくりと近づいてくる小袖《こそで》姿の怪異と対峙《たいじ》する。

　彼女は一貫して千歳を傷つけるような行動はとらないが、この屋敷の支配者は間違いなく彼女だ。千歳をこの場に捕らえることなど容易にできる。

　彼女は悲しそうな笑みを浮かべ、こちらに向かって手を差し伸べてきた。

「もう、見たくないものは見なくていいし、忘れてしまいたいことは忘れさせて差し上げます」

確かに千歳は「見えすぎる」せいで不要だと言われる縁を結んだかもしれないし、気づかなくていいことに気づいてしまったかもしれない。

彼女の見せてくれる夢は、そういったものを覆《おお》い隠してくれるかもしれない。

今度の夢の中では、もしかすると青行灯のことを忘れるのではなく、何事もなかったことになって、前のような日常に戻れるかもしれない。

すべてが、千歳の思うままになるのかも。

一歩一歩千歳に近寄ってきた彼女の手のひらが、千歳の肩に触れようとした。

「違うんだよ」

それでも千歳は首を横に振った。

千歳は彼女が見せてくれるだろう夢が気に入らなくて拒《こば》んでいるわけじゃない。夢にまどろめたら、それはそれで幸せなことだと千歳だって思う。

どうして、の答えは、至極《しごく》単純で、ただただ個人的な事情なのだ。

「だって、呼ばれてる」

千歳の耳には、彼の呼ぶ声が届いている。

また、間違っているのかもしれない、とは思う。その声に応じてはいけないのかもしれない。

でも、それでもいい。

これはどちらを選んだほうが幸せになれるのか、という問題ですらない。

「帰ってこいって言われてて、私もそこに帰りたいって思うなら、苦しいことや悲しいことが待ってようと、そこが私のあるべき場所なんだよ」

だから、帰るんだ。

そう告げると、目の前の彼女は千歳に触れようとしていた手を引いた。

「愚かなことを」

これまでになくきつい言葉を口にして彼女は顔をしかめる。

「一度ここを出れば、もう二度と戻ってくることはかなわないのですよ」

チャンスは一度だけ。厳しい現実に戻ってから甘い夢を恋しがっても、二度と与えられることはない。

片方を選ぶ、ということは、片方を捨てる、ということだ。

「それでも」

千歳は苦笑を返した。

こちらに心残りがあるとすれば、ひとつだけ。

「稲穂さんは、このままこちらで眠り続けるの」

千歳の問いかけに、彼女は戸惑ったように目を揺らし、すぐにやわらかな笑みを浮かべる。

「そうですね。おそらくはそうなるでしょう」

「こちらへ帰してもらうわけには？」

もしかしたら、と訊いてみたのだが、その瞬間目の前の存在は雰囲気《ふんいき》を豹変《ひょうへん》させた。ぞくり、と背筋を寒気が走る。

「あの方ご自身がそれを望んでいませんので」

口調は丁寧《ていねい》なままだったが、彼女の目は炯々《けいけい》と危険な光をたたえていた。全身から、これまでは潜められていた強大な力がほとばしる。これは無理やり、などとても不可能そうだ。

彼女はこの不可思議な屋敷の主にして客人《まろうど》のための夢の紡《つむ》ぎ手、そして守り人。まどろむ者の邪魔をするならば、何人たりとも許さない。

「神」ではないが、崇《あが》められずとも力を保ち続けてきた強きモノ。これは父母や兄を連れてきたところで勝ち目は薄い。

「それでも、絶対とは申せません」

顔を強《こわ》ばらせた千歳に、ふっと雰囲気を元に戻し、彼女は笑う。

「私は、あなた様もずっと眠り続けるものと思っておりましたので」

それは、何かきっかけがあれば稲穂も目覚めるかもしれない、ということか。だが、それに千歳は関与できない。

　このあたりが引き際か。

「〝あちら〟へ戸を開きましょうか？」

　千歳の心を読んだように、彼女が申し出る。帰り道まで用意してくれるとは至れり尽くせりであるが、千歳はそれを断った。

「ううん。迎えにきてもらうから」

　蓮池《はすいけ》の四阿《あずまや》にいたときには無理だったが、ここならばうっすらとなじみの気配を感じとれる。

　少しだけ躊躇《ちゅうちょ》する。

　彼を奪われたと知ったとき、千歳は何度も彼を呼んだ。目の前に現れて、夜半の言っていることを嘘だと笑い飛ばしてほしかった。でも、彼は来てくれなかった。

　それなのに、夢の中でも、今も、彼の気配がちらつく。離れてしまって以来、いちばん強く彼を感じる。

　きっと呼べば届く。たぶんあちらもこちらを呼んでいる。

　それでも、来なかったら？

　不安に胸が震える。

　自分と彼の間の縁が切れてしまっていたら。

大きく頭を振って、千歳は弱気を追いやった。

「私はここだよ」

見えているはずだ。

聞こえているはずだ。

ならば——。

「迎えに来てよ」

あの契約は今でも有効だと、自分たちはまだつながっていると、証明して。

「あーちゃん」

青行灯、とお望み通り種族の名前を呼んであげようかと思ってやめておく。

来てほしいのは、彼だけだ。

千歳が「あーちゃん」と特別に呼んできたひとりだけ。

かくして、千歳たちの脇にあった金箔《きんぱく》張りの襖《ふすま》が勢いよく開く。

「まあまあ、不作法《ぶさほう》ですこと」

小袖《こそで》の怪異が口元にたもとを当てて眉《まゆ》をひそめている間にも、開いた襖の奥からよくよく見慣れた青い炎が流れ込んでくる。

炎が凝《こご》るとほぼ同時に、あきれた声がその場に響いた。

「今回は特別だぞ」

次からはちゃんと呼べ、と文句を言う相手にぐいっと腕を引かれて抱き上げられる。なじんだぬくもりへ腕を回しながら、千歳も言い返した。

「自分の契約違反は棚上《たなあ》げ？」

ふん、と鼻を鳴らし、青行灯はちらりと小袖の怪異を一瞥《いちべつ》する。

「うちのが騒がせたな」

それだけ言い残すと、千歳を抱えたまま出てきた襖の向こうへと踏み込む。

そこは、漆黒《しっこく》に塗りつぶされたような闇に満ちていた。月のない晩の山中、というのはこういう感じなのかもしれない。

自分が抱きついている相手の全身を包む青い燐光《りんこう》が、彼と自分だけを闇の中に浮かび上がらせる。それ以外は、何も見えない。目が見えないかわりに、他の感覚が冴え渡る。鼻先をかすめたのは、濃い梅の香りか。

どこか遠くで鶯《うぐいす》が鳴いた、と思った瞬間、周囲の空気が一気に変わった。早春の夜の空気から、晩夏の夕刻の空気へ。全身に湿り気のある空気と緑の匂《にお》いが絡みついてくる。閉じていた目を開けば、周囲の木々の隙間《すきま》から傾き始めた太陽が見える。橙《だいだい》の光に目を細め、千歳はそっと自分を抱えたままの怪異を見下ろした。

額のてっぺんのちいさな角《つの》。艶《つや》やかな黒髪。青く底光りする目。身にまとうのは着流しだ。

最後に見たのと何ら変わらない見た目だが、少しだけ気まずそうな表情を浮かべている。

それをからかうこともできたけれど――。

「おかえり」

そう言って笑ってやると、かわいげもなくそっぽを向く。

「……お前もな」

ぶっきらぼうな口調で返ってきた言葉に、千歳は声を立てて笑った。

＊＊＊

『――ちゃん』

まどろみの中、呼ばれた気がして、そのたびに意識が浮上する。

『あーちゃん』

それなのに、耳に届くのはいつだって意味のない音の並びで、どうしてそんなものに呼ばれた気がしたのか、うつらうつらと考える。

何かを確認するような、心細そうな調子にやけに胸が騒ぐ。

「君とあの子の縁、なかなか切れないねぇ」

そばで同族が、何かをぼやいている。

「まあ、そのうち何とかなるよね」

ひとり納得したようにうなずくと、今度は楽しげに鼻歌を歌いだす。

まどろみから浮上し、またまどろみに沈み、それが当たり前になったころ、妙に意識を引く何かが近くへ落ちてきた。あの意味のない音の並びを発する何かと、同じ気配だ。

それが落ちた場所は、自分がいるところとは違う。けれど、あの世でもこの世でもない、という意味では同じ、近しい場所。

あれを自分は知っている。

「ちとせ」

それがどういう意味を持つ音なのか、意識するより先に呼んでいた。傍《かたわ》らにいる同族に気づかれないように、こっそりと。呼べば、それは戸惑ったような反応を返す。同時に、自分へと清々しくかぐわしい精気が流れ込んできた。

「ちとせ」

「ちとせ」

呼ぶたびに精気が流れ込んできて、だんだん意識がはっきりしてくる。

『どこ？』

『どこなの？』

何度目かの呼びかけに、それは言葉を返してきた。

探されている。

それに気づくと同時に、自分の命の緒の端がここではないどこかに結びつけられているような、そんな焦燥《しょうそう》感に駆られた。

戻らなくては。

でも、まだ何かが足りない。あれのところまで、飛んでいけない。

『私はここだよ』

『迎えに来てよ、あーちゃん』

その瞬間はあっけなく訪れた。

あれの発した言葉を聞いた瞬間、全身に与えられた精気がみなぎり、ぼやけていた「自分」が固まっていく。

「え、ちょっと、君何してるの？」

こちらの変化に気づき、あわてふためく同族の声を聞き流し、虚空へ向かって手を伸ばす。

まどろみの中から、腕が、肩が、身体《からだ》が、頭が形作られていく。

「あー、もうおばかさん！　だめだったら！」

ぐいっと引っ張られた腕を強引に振り払えば、身体がぐらりと揺れた。何かを踏み外した感覚の直後、全身が落下するように平衡感覚を失う。

この感覚には覚えがある。

まどろみから完全に目覚めるときの墜落《ついらく》感。

いつもと違うのは、この先にいる相手を知っている、ということ。

愚かで、変わり者で、自分と契約を交わした理解不能で――どうしても自分の意識をとらえて離さない相手。

千歳。

やっと、それがあの生き物の名だったことを思い出せた。

五　乙女、目覚めの覚悟を決めるのこと

千歳が戻ってきた場所は酒之瀬家の庭などではなく、少し離れた山の中腹だった。

青行灯に抱えてもらって上空から現在地を特定した千歳は思いっきり顔をしかめる。

「え、何これ嫌がらせかな」

宗太郎少年とはあまりに違う場所に放り出されたものだ。

なんとか下山して酒之瀬家へ帰還した千歳は、兄の熱烈歓迎を受けることとなった。自分は一日半ほど行方不明《ゆくえ》になっていたそうだ。

あちらに行っていた間の時間がこちらとそれほどずれていないことに安堵《あんど》した千歳だったが、明日になっても自分が戻らなかった場合、真魚寺家の人員を動かしての総力戦になるところだった、と聞かされて乾いた笑みが浮かぶ。青行灯にふもとまで運んでもらって本当によかった。

その陰の功労者は兄に見つかるわけにはいかないため、一足先に空間を飛んで自分の家に帰ってしまった。

「それで、稲穂はどこです」

兄といっしょに外へ出てきた源太郎は、きょろきょろとあたりを見回して訊ねてくる。緑も不安そうに瞳を揺らしてこちらを見つめている。

そんな彼らをまっすぐに見返して、千歳は答えを口にした。

「稲穂さんは戻りません」

あまりにも単刀直入《たんとうちょくにゅう》に言いすぎたか、ふたりは何を言われたかわからなかったらしい。瞬きをするばかりで、固まってしまった。

一方、千影と宗太郎はすぐに事態を理解した。うすうすその可能性も考慮《こうりょ》していたのだろう兄はため息をこぼし、宗太郎は両脇でこぶしを震わせて目を伏せた。

「念のために確認しておくが、それはどうにもならない確定事項なのか？」

「確定事項だね。第一にそれを稲穂さん自身が望んでいない。第二に、稲穂さんが望まないことをあの怪異は許さないし、あれは私たちの手に負えない」

千影の問いかけに千歳は軽く肩をすくめた。兄は納得したようにうなずく。千歳の見立てを信じてくれたようでなによりだ。

「ふ、ふざけるな！」

黙っていなかったのは源太郎だ。やっと我に返った彼は顔を怒気で染め上げていた。彼の背後では緑が声を上げずに泣いている。

「稲穂が戻らないだと？　お前たちはいったい何をしに来たんだ」

それまで押し隠していた侮蔑《ぶべつ》の感情をあらわにして源太郎は怒鳴り散らす。

「古くから続く祓《はら》い屋だか何だか知らんが、お前たちに任せておけば大丈夫だと紹介されたからわざわざ高い金を出して呼んだんだぞ！」

「対処しきれない可能性についても、最初に契約書を交わした際にご説明申し上げたはずですが」

すずしい顔で説明する千影の態度は、相手の怒りに油を注ぐばかりだった。

「このっ、馬鹿にしやがって」

身を乗り出し、千影の胸元をつかもうとした源太郎だったが、千影が指笛を鳴らすほうが早かった。千影に向かって伸びてきていた源太郎の指先だけでなく、彼の全身がぴたりと止まる。

「な、なんだ、これは」

瞬きもできなくなっているらしい。ぎょろぎょろと血走った目で周囲を見回しているが、源太郎には何も見えないだろう。千歳の目でさえ、夕刻の長く伸びた兄の影から飛び出た白い何かが源太郎の影に飛び込んだのを捉えるのがやっとだった。

つてをたどって依頼を出してきた酒之瀬家はもともと真魚寺と面識があるわけではない。真魚寺一族が「化け物殺しの化け物」とまで呼ばれる能力の持ち主であることを知らなかったようだ。

「詳しくは、後日報告書にてお伝えします」

今はお話しをするどころではないようですから。それだけ告げると、千影は千歳に目配せをよこした。

源太郎は縫《ぬ》い留められたように動けず、緑は目に涙をたたえたまま青ざめた顔で震えるばかりだ。源太郎の怒声に何事かと集まってきた社員たちは遠巻きにこちらを見ている。

これ以上ここにいてもできることはない。

先に歩き出した兄に続いてその場から立ち去ろうとした千歳だったが、いったん足を止めて源太郎と緑を交互に見やった。

「稲穂さんは帰ることを望まなかった」

これを口にすることは、千歳の自己満足だ。それでも、言わずにはいられなかった。

「その意味をよく考えてみてはいかがですか」

こちらを責める前に。

さすがにそれは言いすぎかと、最後の言葉は呑《の》み込む。

ぱしん、と衝撃を受けて、千歳はよろめいた。じんわりと左の頰《ほお》に痛みと熱が宿る。

こちらの様子を見て眉間《みけん》に深いしわを寄せた兄に、平気だから、と手を振る。

「返して。あの子を返してよぉっ」

千歳の頬を平手打ちした緑はそう叫ぶと、その場にへたり込んで泣き崩れた。

緑の動きは見えていた。あえてそれを避けなかった千歳は、緑を見下ろして皮肉げに唇をゆがめる。

稲穂はもう大人で、誰のものでもない。だから帰ってこないのに。

「あなたから稲穂さんを奪ったのは、私じゃない」

それだけ言い残すと、千歳は自分を見つめる兄に駆け寄った。

千影と千歳は酒之瀬家を出て、行きは車に乗せてもらった道を駅へと歩く。日がほぼ山の稜線《りょうせん》の向こうに隠れたため、あたりはだいぶ暗くなっていた。涼しい風が吹き抜けていく。

「あのっ」

背後から聞こえた声に、兄といっしょに足を止めて振り返る。

そこには息を切らして走ってきたらしい宗太郎が立っていた。

「父さんと母さんがすみません」

ぺこり、と頭を下げた少年に、千歳は手をひらひら振って笑う。

「気にしないで。よくあることだから」

真魚寺の生業《なりわい》は感謝されるばかりのものではない。

宗太郎は何か言いたげに顔をゆがめたが、すぐに目を伏せて唇をむずむずさせる。

「姉さんはっ――」

ぱっと顔を上げて、彼は揺れる瞳でまっすぐこちらを見つめた。

「姉さんは、生きて、るんだよな？」

ああ、それが知りたくて追ってきたのか、と千歳は反省した。彼は稲穂を慕《した》っていた。あの両親はろくに聞く耳を持たなかっただろうが、彼にはもう少しきちんとした説明をしてくるべきだった。

「生きてるよ」

宗太郎の肩からあからさまに力が抜ける。

「よかったぁ……」

こぼれそうになった涙を隠すように腕を上げて目元を押さえた彼は、心底安心した声を上げた。

たぶん、あの家で純粋に稲穂を思って泣けるのはこの子だけだ。

「元気、だった？」

重ねて問いかけてきた彼に、千歳は首を横に振る。

「稲穂さんはとっても深く眠ってたから、しゃべったりはできなかった」

でも安らかな寝顔だった、と告げると、宗太郎は眉《まゆ》を下げる。

「そっか……」

姉さんは幸せになれたのかな、というつぶやきには答えられない。

あそこに残ることとこちらへ帰ってくること、どちらが良いことなのかはわからない。

〝こちら〟に立つか〝あちら〟に立つかは、千歳のときと同じく、個人の選択次第だ。

天秤《てんびん》は、自らの幸福によってのみ動くわけではないが、自らの意思によってしか傾かない。

「姉さんはやさしくて、家をとても大切にしてた」

赤くなった目をこすりながら、宗太郎は自嘲《じちょう》を含んだ笑みを浮かべた。

「俺たちは姉さんが家を切り捨てられないって知ってたから、姉さんのやさしさに甘えてたんだ」

愛する者に認めてもらえないことに、稲穂は苦しんでいた。それでも、愛していたから離れられなかった。

愛して、愛して——夢の中に愛を返してくれる家を見つけたのか。彼女の愛を当然のものとして享受《きょうじゅ》していた者たちは、結果として捨てられた。

「俺、さ」

宗太郎はすっと表情を改めた。

「家を継ぐよ」

はっきりとした意志を込めた口調で言う。

「証人になってほしい」

真剣な様子の宗太郎を前に、千歳と千影は顔を見合わせる。

言霊《ことだま》を重視する真魚寺の前で誓うということがどういうことなのか、彼はわかっているのだろうか。

中学三年生、ということは、まだ十五か、もしかしたら十四の少年だ。将来を定めてしまうには、早い気がする。

「自分が消えてたっていう間のこと、やっぱり具体的には何も思い出せないんだけど」

戸惑う千歳たちを前に、まだ成長途上の華奢《きゃしゃ》さを感じさせる身体《からだ》で、でもどこかおとなびた目で宗太郎は語る。

「戻ってきてから、変えたいって思うようになったんだ。前までは父さんのことも家のことも、どうせ何も変えられないってあきらめきってたくせにさ」

なんでかな、と彼は肩をすくめる。

彼自身は不可解そうだが、千歳にはその理由が何となく理解できる。

きっとあの屋敷から解放してもらうために必要なのは、〝こちら〟へ帰りたいと強く望むことと、どうしても〝こちら〟でなくてはならないのだとあの怪異にはっきり告げることなのだと思う。

宗太郎は戻ってきた。千歳とは違って記憶を失ってしまっているから、彼が何をよすがに〝こちら〟を選んだのかはわからないけれど、何か決断をして、以前の自分とは違う自分になったから、帰りの道は開いた。

覚えていなくとも、あの場所で起こった変化は宗太郎の中で息づいている。

「ほんとは、姉さんの力も借りられたら、って思ってたんだけど——」

そこまで口にして、彼はさびしげに目を細める。

「でも、もう俺ひとりしかいないんだから、俺がやるしかないんだ」

揺らがない目を見て、千歳は悟る。

早すぎる、ということはないのかもしれない。

宗太郎はすでに選択をして、覚悟を決めている。

「それに、父さんの言うとおりにするのは癪《しゃく》だけど、酒造の仕事はけっこう好きだし」

にかっと笑った顔は年相応で、千歳も自然と笑みを返していた。

「いいよ。君の誓い、確かにこの真魚寺千歳が聞き届けた」

決して破ってくれるなよ、と脅《おど》すように口にしつつも、彼がきっとやり遂《と》げることを確信している。

宗太郎は目を細めると、小生意気に唇をつり上げた。

「破らないよ。だって、いつか姉さんが帰ってくるかもしれないじゃないか」

それはささやかな希望。

かなうかも定かではない願い。

それでも、もし、いつの日にか稲穂が長い眠りから目覚めたなら――帰ってきた彼女が目にするのは彼女自身が夢見ていた家の姿かもしれない。


宗太郎と別れてから電車に乗り、千歳と千影は行きとは逆の道筋をたどる。

家の最寄り駅のホームに降りたところで、どちらともなくため息をこぼした。千歳の実感としては一日程度の外出だが、疲労感が全身をずっしり重くする。

「帰るか」

「ん」

やはりかなり疲れていることが見てとれる兄と短く言葉を交わすと、改札を出る。と、そこで思わぬ出迎えを受けた。

「千歳さんっ」

勢いよく抱きついてきた百瀬は、ぎゅうぎゅうとこちらの身体を締めつけながら口早に安否の確認をしてくる。

「どこも怪我《けが》してませんか？　痛いところもありませんか？　あっ、ちょっとこすりむいてるじゃありませんか！」

心配したんですからねっ、と声を尖らせながらも、こちらを離そうとはしない。

「ちーちゃん、ちーくん。おかえりー、おつかれさまー」

やたらのんびりとした口調で、猫背《ねこぜ》に着流し姿の青年も近づいてくる。

その姿を――中身も伴《ともな》って――見るのはずいぶんと久しぶりで、千歳は目を細めた。

「どうしたんだ。こんなところで」

出迎えなんて頼んでないぞ、と灯と馬の合わない千影はいぶかしげな表情を浮かべる。

「えー。ふたりとも今回はさすがにいろいろあってお疲れかなーと思って迎えに来たんだよ」

灯の掲《かか》げて見せた手の中には車のキーが収まっていた。

「さーさー、帰ろう」

「……お前が運転するのか?」

顔を強《こわ》ばらせる兄は灯の運転する車に乗ったことがない。あんなぼんやりしたやつの運転が信用できるか、とのことだが、実際のところ、灯の運転は丁寧《ていねい》で危なげない。どこで免許を取ってきたのかは千歳にも不明だが。

疲れていた千歳は彼の申し出をありがたく受けることにして、まだ自分に引っ付いている百瀬を離すと、ぶうぶう言う兄の手をとってコインパーキングに停めてあった青原家の車にさっさと乗りこんだ。

最初はおっかなびっくりだった千影も、思いのほか快適な運転にいつの間にか寝息を立てている。千歳が〝神隠し〟に遭《あ》っていた間、きっとろくに休めなかったのだろう。後部座席に兄と並んで座りながら、心配をかけたことを反省していた千歳だったが、やがてうとうとと睡魔に襲われる。

車の走る音。エアコンの駆動音。時折外から聞こえてくる喧噪《けんそう》。ちいさく届く兄の寝息。そんな中に、潜められた百瀬の声が混じる。

「どうやって戻ってきたんですか？」

助手席の彼女はちらりと後部座席を見て、兄妹が眠っていると判断したらしい。

「このままあなたを千歳さんのそばに置いておきたくなかったから、わざわざあなたの同族を焚《た》きつけたんですけれど」

前に向き直り、笑みまじりの、しかし親しみは一切感じとれない声で言う。

「君は部外者じゃない。勝手にちーちゃんとの契約に口出ししないでほしいな」

対する灯も口調は柔らかかったものの、とげを隠すことなく言い返した。

「部外者？　それを言うなら後から来たのはあなたの方でしょう」

互いに互いの正体を知っているだろうに、仮初《かりそめ》の姿を保ったまま言い合いをしている。

「このまま千歳さんのそばにいれば、あなたはいずれ今のままではいられなくなる。それはご自分でわかっているんですか？」

百瀬が投げかけた問いに、千歳はきゅっと胸が軋《きし》むのを感じた。問われた当人である灯は無言を貫いている。

「遠ざける、なんて中途半端なことをした私が間違っていました」

ため息まじりに百瀬がぼやく。

「千歳さんにとって危険だと判断したら、即座に私があなたを消し去りますから」

静かな宣言に、灯はふふふっと軽やかに笑った。

「ちーちゃんに泣かれるよ」

「嫌なこと言いますね」

苦々しい声でつぶやいてから、百瀬は「これは単純な疑問なのですが」と付け加えた。

「あのまま離れてしまったほうが、お互いのためだったとは考えなかったのですか？」

しん、と車の中が静まり返った。すべての音が消えてしまったように錯覚《さっかく》する、空白の間。

「ありえないよ」

その沈黙を破った灯の声はやわらかくて、あまりに自然だった。

「だって、それが僕とちーちゃんの契約なんだから」

君は気に入らないだろうけれど、とくすくす笑う。

「……ええ、気に入りませんね」

ぼやくようにつぶやくと、百瀬はそれきり黙り込んだ。

ふわふわとした眠気に包まれながら、千歳は会話を――おそらく千歳に聞かせるつもりなんてなかったはずの話を――聞くともなしに聞いていた。

うっすらと目を開けると、前に座る二人の後ろ姿が目に入る。

千歳とこれから生まれてくる「真魚寺の娘」の呪いを引き受けて、肉体と精神の不死にとらわれている百瀬。

彼女に千歳はずっと守られてきた。

傷つかないように真綿に包まれて、都合の悪いことが聞こえないように耳をふさがれて。心地よいまどろみの中にいるようだった。

でも、もうそんなことはしてもらわなくていい。

やさしく起こしてもらうのを待つのも、狸寝入り《たぬきねい》りをしてすべてを相手にゆだねるのも、もうおしまい。

宗太郎がそうしたように、千歳も自分の選択に覚悟を決める。

千歳といることで、青行灯は否応《いやおう》なく変質していく。

それがわかっていて、千歳は彼の呼びかけに応じた。

祖母の霊魂を呼び出そうとして、偶然彼を呼びだした幼いあの日とは違う。彼をそばに置くことが、どういうことなのか、千歳はもう知っている。

それでも、自分の選択が間違いまみれなのだとしても、この契約を――この縁を――手放さないと決めた。

青行灯が、千歳の呼びかけに応じたから。

幾百、幾千の夜の先まで、自分の命が尽きるその時まで、自分たちは共に行く。そうすることで起こる多くの不都合は承知の上だ。

百瀬は青行灯を消そうとするだろうし、青行灯は今の彼から変わっていく。夜半だってこのまま引き下がりはしないだろう。

自分がそれに対して何ができるかなんてわからない。でも、目はそらさないし、共にいることをあきらめたりもしない。絶対に。

「約束」

これは千歳と青行灯の物語。誰にも横やりは入れさせないし、悲しい結末もごめんこうむる。

一方的な誓いを囁いて、千歳はちいさくほほえんだ。

※この作品はフィクションです。実在の人物・団体・事件などにはいっさい関係ありません。

集英社オレンジ文庫をお買い上げいただき、ありがとうございます。
ご意見・ご感想をお待ちしております。

● あて先
〒101-8050　東京都千代田区一ツ橋2-5-10
集英社オレンジ文庫編集部 気付
椎名鳴葉先生

青い灯の百物語

集英社
オレンジ文庫

2019年11月25日　第1刷発行

著　者　椎名鳴葉
発行者　北畠輝幸
発行所　株式会社集英社
〒101-8050東京都千代田区一ツ橋2-5-10
電話【編集部】03-3230-6352
【読者係】03-3230-6080
【販売部】03-3230-6393（書店専用）
印刷所　株式会社美松堂／中央精版印刷株式会社

※定価はカバーに表示してあります

ISBN 978-4-08-680286-4 C0193

集英社オレンジ文庫

山本 瑤

君が今夜も
ごはんを食べますように

金沢在住の家具職人のもとで
修行する傍ら、女友達の茶房で働く相馬。
フラリと現れる恋人や常連に紹介された
女性たちのために料理の腕を振るうが…。

集英社オレンジ文庫

樹島千草

咎《とが》人《びと》のシジル

藍沢結人の最大の愛情表現は、
「吊るす」ことだった。
その夜も劇団員の彼女を自殺に見せかけて
殺した彼は、ある失態を犯した。
それが彼と犯罪被害者家族の
ネットワークを結び付けてしまい…？

柴野理奈子

思い出とひきかえに、君を

“思い出とひきかえに願いを叶える”
という不思議なお店に迷いこんだひまり。
事故にあった片想いの陸斗を助けるため、
思い出を少しずつ手放していく。
けれど、2人にとって大切な記憶も失い
陸斗とすれちがってしまい…。